Cher Phi…

Je t'offre mon livre avec ma profonde gratitude et l'expression de mon amitié la plus sincère.

Joburg 17/12/14

DANS LA MÊME COLLECTION

Bruno de Cessole, *Ben Laden, le bouc émissaire idéal.*
Michel Chaillou, *Éloge du démodé.*
Patricia Cottron-Daubigné, *Croquis-démolition.*
Abdellatif Laâbi, *Maroc, quel projet démocratique ?*
Claude Mineraud, *Un terrorisme planétaire, le capitalisme financier.*
Louis-Albert Serrut, *Naissance d'une dictature.*
Nicola Valentino, *Réclusion à perpétuité.*

TUNISIE, LA ROUTE DES JASMINS

Couverture : Adrien Aymard.

TUNISIE, LA ROUTE DES JASMINS

JALOUL
AYED

POLITIQUE
ÉDITIONS
DE LA DIFFÉRENCE

À la Tunisie,
ma patrie bien-aimée.

Remerciements

À Ameur Ismail pour sa précieuse contribution.
À Hamed Trimèche pour ses conseils et ses suggestions.
À Jamel Belhaj, Safia Hachicha et Emna Kallal pour leur précieuse collaboration.
À ma famille pour son indéfectible soutien.
À mes amis pour leur enthousiasme et leurs encouragements.

Nous trouverons le chemin... ou nous en créerons un.

Hannibal Barca

INTRODUCTION

Depuis un mois déjà, le souvenir de Mohamed Bouazizi, ce jeune homme qui s'était immolé par le feu pour protester contre une humiliation injustifiable, m'accompagnait nuit et jour. Qui aurait pu prédire les conséquences de son acte : le soulèvement d'un peuple ? Lui-même se doutait-il, ne serait-ce qu'un instant, de ce que son sacrifice allait provoquer ?

Bien que résidant à Londres, j'étais continuellement en contact avec famille et amis en Tunisie qui me fournissaient toutes les informations dont ils disposaient. Je suivais les évolutions de ce séisme qui ébranlait la société tunisienne. Mes yeux étaient rivés sur les actes de bravoure d'un peuple qui s'était débarrassé sans violence de Zine el Abidine Ben Ali. Abattre, par la seule force de la rue, un régime autoritaire en place depuis vingt-trois ans, dont les tentacules s'étendaient à toutes les sphères de la vie sociale et économique, voilà un tour de force qui resterait longtemps gravé dans les livres d'histoire.

Inutile de préciser que, comme tous mes proches et mes compatriotes, je redoutais qu'une vague de répression ne fasse couler le sang inutilement. Une crainte légitime quand on sait de quoi Ben Ali était capable.

Mais ce jeudi 27 janvier, même si je me dirigeais comme à l'accoutumée, après une dure journée de travail, vers la station de métro de St. Paul Cathedral, à Londres, je savais que c'était un jour très spécial. Je venais d'être averti que le Premier ministre, Mohamed Ghannouchi, allait m'appeler. Il m'était bien sûr impossible de savoir pour quelle raison exacte il souhaitait s'entretenir avec moi, mais je pressentais un sujet de la plus haute importance.

Depuis trois jours, la Tunisie et la communauté internationale attendaient l'annonce du nouveau gouvernement transitoire, après un premier refusé par la rue. Quand il m'annonça solennellement ma désignation au poste de ministre des Finances, je ne pus cacher ma fierté. Oui, j'étais fier que mon pays fasse appel à mes compétences acquises au cours d'une longue carrière ; j'étais fier de pouvoir rendre à mon pays tout ce qu'il m'avait apporté. Mais cette fierté ne dissipait pas l'anxiété que je ressentais. Qui aurait pu prétendre être entièrement serein face à un tel défi ? Comment ne pas être inquiet à l'idée de la tâche qui m'attendait ? Malgré la confiance dont faisait preuve à mon égard le Premier ministre du premier gouvernement de transition, le doute persistait : serais-je à la hauteur des attentes des Tunisiens ? Parviendrais-je à prendre les bonnes décisions, celles qui permettraient à la Tunisie de se relever et de s'engager sur la voie de la stabilité politique et économique ?

Je suis parti précipitamment, laissant derrière moi mes activités et engagements professionnels, guidé par le sens du devoir.

La situation intérieure du pays était explosive, le peuple dans son bon droit criait son « ras-le-bol » d'un quotidien gangrené par le chômage et l'incertitude. La situation économique instable était un obstacle de plus à la bonne marche du pays. Après toutes ces années de népotisme, les changements structurels à opérer et les retards à combler étaient nombreux.

La communauté internationale ne perdait pas une miette de l'évolution de notre révolution. Dans l'effervescence, je ressentais une immense fierté à voir mes compatriotes retrouver le ferment de leur identité commune, cette combativité et cette détermination à toute épreuve. Leur courage a été tel qu'il a servi d'exemple à d'autres peuples soumis à des régimes dictatoriaux. Est-ce utile de rappeler que les Égyptiens, dès le 25 janvier, réclamaient le départ de Hosni Moubarak et qu'entre-temps, la fièvre révolutionnaire avait gagné le Barhein, le Yémen, la Jordanie, la Syrie, la Libye... et que les

Marocains et les Algériens sentaient eux aussi une agitation parcourir leur pays ?

Même si toutes les situations n'ont pas connu d'issue aussi heureuse qu'en Tunisie, nous pouvons aujourd'hui affirmer que notre pays a su répandre l'étincelle dont le monde arabe avait besoin pour s'émanciper.

La Tunisie resplendit, fidèle à elle-même et à son histoire. Riche d'une civilisation millénaire, elle n'a pas à rougir de sa culture, car elle rayonne par son exemplarité et sa témérité. Aristote disait avec justesse que la Tunisie est le berceau de la démocratie – née à Carthage et non à Athènes comme on l'affirme trop souvent. Elle l'a prouvé une nouvelle fois en « éjectant » Ben Ali. Mais la démocratie ne doit pas être un simple slogan brandi dans une manifestation. Si ce concept abstrait ne trouve aucune résonance dans la vie quotidienne, il est vain de le revendiquer. De même, promettre le plein-emploi, sans appliquer une stratégie claire et convaincante, est irresponsable. Ces deux combats sont à mener sérieusement, l'un pour l'avènement plein et entier des libertés publiques essentielles à tout État de droit, et l'autre pour une société sereine où chacun peut vivre dignement grâce à son travail.

Si, aujourd'hui, je prends le temps d'écrire ce livre, c'est que je suis persuadé de n'avoir pas accompli totalement ma mission.

Les onze mois que j'ai passés au ministère des Finances m'ont permis de mettre en place un certain nombre d'initiatives et de réformes (sur lesquelles nous reviendrons) ; je voudrais raconter en détail comment j'ai vécu cet épisode important de notre histoire et partager l'espoir que je porte sur l'avenir de notre pays. La révolution est achevée, mais le plus dur n'a pas encore été initié. Le sort d'un pays n'est pas déterminé par l'éviction d'un gouvernant, mais par la manière dont il sera dirigé. Voilà pourquoi notre mission au sein du gouvernement transitoire était primordiale. Le travail difficile qui a été accompli devait constituer un premier socle pour une Tunisie ambitieuse, rayonnante et économiquement florissante.

J'adresse donc ce message à mes compatriotes : comme nous avons surmonté les difficultés, nous surmonterons les obstacles qui se dressent devant nous. Il faut persévérer dans nos efforts, et continuer à croire aux vertus des graines d'espoir que nous avons semées. Un jour, elles fleuriront comme autant de fleurs de jasmin – et la route vers l'éclosion est bien plus courte qu'on ne le pense.

Première partie

TUNISIE, TERRE D'ESPOIR

Ne demande pas ce que ton pays peut faire pour toi, demande ce que tu peux faire pour ton pays.

John F. Kennedy

Chapitre premier

UNE NATION OUVERTE ET PLURIDIMENSIONNELLE

Sans crier à la « fin de l'histoire » comme certains ont pu maladroitement le faire à la chute du mur de Berlin en 1989 – et encore plus après l'effondrement de l'URSS en 1991 –, on peut sans grand risque annoncer que les grandes idéologies sont en train de péricliter. Le socialisme et le communisme ont failli après l'expérience désastreuse du collectivisme ; le libéralisme a perdu ses lettres de noblesse avec l'avènement d'une version « ultra » sans aucune retenue.

L'idéologie, entendue comme un système d'idées et de croyances, a ceci de particulier qu'elle apparaît naturelle à tous ceux qui la portent et la défendent. Pourtant, son expression même, le parti politique, quelles que soient sa forme et son organisation, a toujours un poids idéologique fort. La disparition progressive des partis de militants n'a pas infirmé ce constat. En Tunisie, nous avons bien longtemps été maintenus dans ce processus idéologique, rendant malheureusement d'office inapplicables nombre de solutions, simplement par l'absence de points de concordance avec l'orthodoxie en vigueur.

La situation économique d'aujourd'hui est inédite et ne devrait pas permettre de se raccrocher à des réflexes hérités. Si nous ne sommes pas prêts à ouvrir les yeux et à agir en conséquence, nous ne serons jamais capables de nous en sortir. Le monde s'est transformé à une vitesse inégalée ; la révolution industrielle, à côté du processus de mondialisation quasi achevé et de la révolution technologique en œuvre, semblerait presque anodine !

S'accrocher aujourd'hui à une idéologie quelconque, de droite comme de gauche, serait oublier que l'époque n'est pas aux hésitations ou aux débats sans fin, mais à l'action. Car, pendant que nous palabrons sur une divergence de points de vue politiques et idéologiques, nos citoyens subissent le poids de notre lenteur. Ils n'attendent qu'une chose, que nous prenions les décisions qui changeront le cours de leur vie quotidienne. Ce n'est pas, bien sûr, qu'une question de rapidité ; il faut de la réflexion et de la concertation afin de ne pas tomber dans un travers commun – que j'appellerais la « hâte de la réforme » – : réformer pour réformer parce qu'il faut agir, sans réfléchir en profondeur.

Non, il est nécessaire, pour les gouvernants, de prendre le temps de connaître précisément leur terrain, leur pays et les tâches qui leur incombent.

Il leur faut travailler dur afin d'acquérir un regard d'expert sur le sujet. Mais cet effort, qui ne saurait être épargné, est-il suffisant ? Plus qu'un *savoir*, le gouvernant ne doit-il pas posséder un *savoir-faire* ?

L'idéologie politique d'un parti ne peut, à mon sens, que nous détourner de la connaissance pratique issue de l'expérience des techniciens qui nous est nécessaire. Elle altérera notre compréhension du monde, car elle ne nous fournira qu'une vue partielle des problèmes. Et si nous ne prenons pas *toute* la mesure des enjeux qui nous attendent, si nous ne sommes pas attentifs à comprendre sous *tous* ses aspects le monde d'aujourd'hui, alors nous risquons de passer à côté des solutions indispensables à sa bonne marche future.

Je ne suis pas politicien. Je n'adhère à aucun parti ; jamais je n'ai ressenti le besoin de prendre part à une organisation politique. Non par désintérêt de la chose publique – au contraire –, mais parce que j'ai toujours pensé qu'il s'agissait davantage d'un obstacle que d'une aide à l'accomplissement de mes ambitions. Car, comme le dit Henri Poincarré, « la pensée ne doit jamais se soumettre, ni à un dogme, ni à un parti, ni à une passion, ni à un intérêt, ni à une idée préconçue, ni à quoi que ce soit, si ce n'est aux faits eux-mêmes ; parce que se soumettre, ce serait cesser d'exister ». Ce que je porte dans mon cœur, ce n'est pas une idéologie politique, une grille de lecture partielle du monde, un *a priori* sur les événements. Ce qui occupe mon esprit jour après jour c'est l'avenir de la Tunisie, mon pays et mon parti ; un avenir que, comme nous tous, je souhaite prospère et radieux.

Je rêve souvent éveillé ; je ne peux m'empêcher de voir loin, de penser à cette Tunisie que je voudrais voir prendre forme, celle où vivront mes enfants. Si je me refuse à participer au jeu politicien, au jeu des divergences, c'est parce que je crois fermement que nous ne pourrons instaurer cette Tunisie-là qu'à la seule condition de faire passer au second plan les querelles idéologiques, partisanes, afin de nous concentrer sur l'essentiel : l'intérêt suprême de la nation et l'attente ardente de nos concitoyens.

Ne nous méprenons pas. Oui, les débats d'idées sont une bonne chose, pour la simple raison que la démocratie en ressort toujours renforcée. Démocrate dans l'âme, comme tout Tunisien soucieux de l'avenir de son pays, je suis émerveillé aujourd'hui de voir à quel point la société tunisienne, par l'intermédiaire de la presse par exemple, s'exprime librement. Le pouvoir politique ne peut être ravi des mains du peuple : le peuple tunisien l'a montré une fois de plus depuis décembre 2010. Ce faisant, il s'est inscrit, d'une certaine manière, dans l'histoire même de notre pays.

Dans la tempête qui secoue le monde aujourd'hui, les « entrepreneurs de nostalgie » prospèrent. Les idéologies ont le regard tourné vers le passé, le fantasmant et ne voyant pas toutes les avancées accomplies. Elles recyclent l'histoire à leurs propres fins et détournent la réalité historique afin d'étayer leurs propos. En un sens – pour être cynique –, elles ont raison. L'histoire est un outil efficace pour souder une communauté. Le danger n'est pas tant dans le fait de parler de l'histoire, que dans son instrumentalisation.

Certains événements ou personnages historiques résonnent dans nos cœurs, et ont une signification précise qui fait appel à tout un système de représentations. Quoi de mieux qu'un ensemble de représentations communes pour nous aider à construire notre avenir ? Avoir une vision partagée de notre passé c'est, en creux, être force de proposition. Les individualités qui constituent un peuple ont en commun des pratiques (culturelles par exemple), des histoires peu ou prou similaires, et surtout cette vision commune de l'avenir que l'histoire peut nous offrir.

Il n'est pas question d'user de ficelles aussi grosses qu'une maladroite utilisation de l'histoire à des fins politiques. L'usage d'arguments téléologiques, donnant *a posteriori* un sens à l'histoire, n'est pas intellectuellement honnête. J'aimerais montrer, en partageant avec mes lecteurs ce qui a nourri ma vision de la Tunisie, les raisons pour lesquelles je suis persuadé que nous sommes capables de réaliser nos objectifs.

Le parcours démocratique de la Tunisie n'a pas débuté après la décolonisation. Le temps long est bien trop peu étudié par les historiens qui, pour beaucoup, préfèrent l'histoire contemporaine. Je ne prétends pas faire ici œuvre d'historien, mais je me permets, en m'appuyant sur les thèses de certains auteurs, d'affirmer que la démocratie est née, pour la première fois dans l'histoire de l'humanité, en Tunisie il y a trois mille ans[1]. C'est pourquoi, « rendons à César ce qui est à César » – ou plutôt « rendons à Hannibal ce qui lui appartient ».

Une histoire millénaire.

Mon oncle, Hamed Trimèche, qui a guidé mes premiers pas d'enfant et d'adolescent, ne se lassait pas de me parler de l'histoire tunisienne. Et moi, je buvais avidement ses paroles. Nationaliste dans l'âme, il a consacré sa vie à servir son pays au sein de l'armée de l'air, avant de prendre sa retraite en tant que colonel-major. Il parvenait toujours à me faire comprendre l'importance de l'histoire de notre temps. Il me racontait indifféremment ses propres

---

1. C'est ainsi la thèse que l'historien français, Pierre Vermeren, professeur à l'université de la Sorbonne à Paris, défend dans son ouvrage, *Maghreb, les origines de la révolution démocratique*, Paris, Pluriel, 2011.

aventures et l'épopée de nos héros nationaux, m'inculquant ainsi qu'il n'y a pas plus important que ce que nous décidons de faire de notre héritage. Si nous tenons à notre histoire et nos héros, il faut, à la fois, ne pas les oublier et s'en inspirer.

Je ne peux donc pas m'empêcher de remonter dans le temps et de parler de la société carthaginoise. De loin la moins connue des civilisations antiques, la civilisation punique était pourtant réputée pour son commerce, ses arts, et surtout pour être à la pointe de la modernité politique.

Bien qu'ils ne contrôlassent directement qu'un territoire côtier, les Carthaginois ont eu une forte et durable influence sur le monde. Ils sont allés explorer des pays aussi lointains que le Sénégal (au sud) et la Grande-Bretagne (au nord). Le nom millénaire de la Tunisie (*Ifrikiya*) a d'ailleurs baptisé tout le continent. Leur commerce d'envergure diffusait, avec l'aide de leur économie monétaire, des produits très recherchés (armes, étoffes, céramiques...). Ce n'est d'ailleurs pas pour rien que Flaubert célèbre dans son *Salammbô* cette puissance. « C'était à Mégara, faubourg de Carthage, dans les jardins d'Hamilcar... »

Dans son ouvrage *La Politique*, et en particulier dans le livre II où il étudie diverses constitutions, autres que celle d'Athènes, Aristote examine l'organisation de la cité de Carthage. Peu de textes d'époque en traitent directement, ce qui rend celui d'Aristote d'autant plus précieux. Même si les historiens ne sont pas d'accord sur tous les détails, et qu'une grande documentation est disponible sur le sujet pour ceux qui souhaiteraient l'approfondir – ce n'est évidemment pas le propos de ce livre –, nous pouvons sans grand risque dire que la constitution de Carthage était « mixte », et qu'elle assurait un certain équilibre entre les institutions. Elle mêlait des éléments politiques de plusieurs natures, puisque certains pourraient être assimilés à une monarchie (la présence de rois, ou « suffètes »), à une aristocratie (un sénat), mais surtout à une *démocratie*, avec la présence d'une assemblée populaire. Cette dernière a progressivement gagné en pouvoir aux IIe et IIIe siècles av. J.-C., quand elle a acquis la possibilité d'élire les généraux de l'armée ainsi que les suffètes. Cette civilisation carthaginoise se révèle passionnante à étudier, et tout autant inspirante.

À Carthage est né un homme illustre, Hannibal Barca, qui fascine l'humanité depuis des millénaires, non seulement par ses prouesses militaires mais aussi par l'amour indéfectible qu'il a porté à Carthage toute sa vie.

Cet homme qui « avait la faveur du Seigneur » (telle est la signification de son nom en phénicien), est déroutant. Grand homme d'État, meneur d'hommes, fin stratège, politique avisé et capitaine hardi, il avait toutes les qualités pour rester dans l'histoire. Les grands noms de notre passé ne doivent pas tomber dans l'oubli. Bien plus qu'un personnage historique, Hannibal est aujourd'hui un symbole, une chimère politique qu'il nous faut entretenir. Je ne pense pas qu'une chimère soit néfaste. Au contraire, ce genre de personnages et le mythe qui les entoure façonnent la nation et la font vivre.

Ce que nous retiendrons d'Hannibal, c'est sa réelle grandeur. Il a montré par ses conquêtes de quoi il était capable. Avec son armée de quatre-vingt mille hommes (et quarante éléphants !), telle « la foudre » (Barca en phénicien), il a marché sur l'Empire romain, lors de la fameuse deuxième guerre punique (218 av. J.-C.). Quand il écrasait les légions au lac Trasimène, puis à Cannes, savait-il qu'il ne parviendrait pas à faire tomber l'ennemi ? Ou alors, fidèle à cette endurance et ce sang-froid qui lui valaient l'admiration de ses soldats, avait-il conscience qu'il lui fallait malgré tout aller au bout de l'entreprise, quitte à tenir le siège aussi longtemps qu'il l'a fait ? Durant cet épisode historique, cet affrontement avec la première puissance mondiale de l'époque, il a démontré qu'il était capable, grâce à une volonté de fer et un talent hors pair de tacticien, de mettre en déroute une armée rompue au combat et deux fois supérieure en nombre. « Jamais esprit ne se plia avec plus de souplesse aux deux choses les plus opposées : savoir obéir et savoir commander. » Voilà en effet une tâche complexe, mais par laquelle il ne faut pas se laisser impressionner ! Tel est d'ailleurs, peut-être, le plus grand enseignement qu'on puisse tirer de l'épopée d'Hannibal Barca : il ne faut jamais faiblir quand il s'agit d'accomplir nos souhaits les plus ardents. Soyons aussi exigeants envers nous-mêmes qu'envers les autres, car ce que nous perdons à souffrir dans nos efforts, nous le regagnerons dans la réalisation de nos objectifs.

Bien plus qu'un héros de notre histoire nationale, Hannibal Barca est une figure légendaire de l'époque carthaginoise, et par-là même de la Tunisie moderne. Bien sûr, la Tunisie a eu d'autres héros (Ulysse, Ibn Khaldun, Okba Ibn Nafi, Ahmed Bey, Khair Eddine Bacha, Bourguiba, Farhat Hachad pour ne citer que ceux-ci), mais Hannibal reste un des personnages les plus marquants dans l'imaginaire de l'humanité.

La Tunisie d'aujourd'hui devrait se souvenir de son histoire et tirer fierté et confiance en soi de son passé. Car la Tunisie a besoin de croire en elle plus que jamais. Tel Ulysse qui, dans le tableau de Turner[2], bâtit Carthage, nous avons encore devant nous beaucoup de labeur. Mais nous réussirons parce que nous en avons les moyens. Il faut commencer par le dire à nos enfants, car il suffit souvent d'une volonté collectivement partagée pour accomplir nos rêves.

2. Tableau exposé à la National Art Gallery, à Londres.

C'est en substance le message que j'ai transmis à mes enfants quand nous visitions les ruines de Carthage : « Sentez l'âme qui se dégage de ce site, voyez comment s'est construite l'identité de ce pays. Nous devons nous en inspirer. »

L'ambivalence culturelle.

Si j'expose ici ma Tunisie rêvée, ce n'est pas par narcissisme. Je n'aime guère me perdre dans les méandres d'une pensée nombriliste, et je ne pense pas qu'en me laissant aller à regarder constamment vers le passé, je réussirai à accomplir ce à quoi j'aspire.

À travers ce livre, je souhaite partager avec les lecteurs et les lectrices un rêve tous les jours écorné par la réalité. La Tunisie d'aujourd'hui n'est pas celle que j'espère. Nous avons un long chemin à parcourir – si tant est que nous allions dans la bonne direction. En moi, un conflit intérieur se joue continuellement entre ces deux pôles : d'un côté mes aspirations les plus profondes et, de l'autre, la réalité criante. Je pourrais me contenter de ce que je vois, mais dans mon histoire personnelle, il y a toujours eu cette envie de naviguer le plus loin possible à la recherche de ce territoire rêvé, qu'importe les marées et les vents contraires.

Nous sommes traversés, à titre individuel, par une multitude d'influences diverses. Nous nous imprégnons des différences et des échanges qui en découlent ; le mimétisme n'est autre que la fin de l'individu. Nous ne pouvons progresser, apprendre et devenir meilleurs que si nous osons aller vers l'autre et le comprendre. Il est impossible de penser que, par la seule force de sa propre pensée, tel un ermite qui ne se nourrit que de ses songes, on peut grandir. Il faut nous concerter, débattre, nous confronter les uns aux autres pour mieux nous construire.

Ce qui est vrai à l'échelle de l'individu l'est à celle de la nation. Bien que les mécanismes soient par endroits différents – une société n'est, après tout, ni un corps ni un cerveau humain –, l'idée principale reste la même : nous ne pouvons nous satisfaire d'une seule culture dans le groupe d'hommes que constitue la nation. Les anthropologues ne nous ont-ils pas montré depuis longtemps que la « culture » était l'acceptation de règles sociales, et que celles-ci n'étaient ni universelles ni immuables ? Elles changent au contact des autres.

Pour une nation, les différentes dimensions culturelles sont d'autant plus essentielles qu'elles touchent au cœur de l'identité du groupe. La Tunisie, fruit d'un brassage culturel millénaire – d'abord phénicienne, puis romaine, chrétienne, islamisée, occupée par les Ottomans, les Français –, elle a toujours été un carrefour de rencontre entre les peuples.

Une nation est le croisement d'une infinité de parcours individuels, la somme de destins que tout *semble* éloigner. Voilà pourquoi je me permets ici de raconter mon histoire. D'une part, parce qu'elle n'est pas isolée (je suis sûr que beaucoup de mes concitoyens s'y reconnaîtront), d'autre part, parce que je souhaite faire preuve ici d'honnêteté. Les lecteurs et les lectrices doivent comprendre ce qui nourrit ma vision de la Tunisie. J'ose espérer que s'ils comprennent mes raisons, ils pourront percevoir le sens de mes réflexions.

Comme la majorité des Tunisiens, je viens d'une famille modeste. Elle comptait à la fois parmi les plus modernistes et les plus conservatrices ; je peux dire aujourd'hui que j'ai vécu dans une ambivalence culturelle depuis mon plus jeune âge.

Je me souviens des discussions qu'avaient ensemble mon grand-père et mon père, qui portaient souvent sur des questions religieuses. Mon grand-père était le Cheikh du village où je suis né, ce qui faisait de lui le juge, l'arbitre et le garant des traditions religieuses. Mon père a hérité de ses fortes convictions et d'une ferveur indéfectible. Il priait et lisait chaque jour le Coran. Ces deux hommes ont formé, par leur exemple et leurs enseignements, ce pendant de ma personnalité, mon appartenance arabo-musulmane. Cette dimension religieuse de mon identité s'exprime par ce que je considère comme un moyen personnel, une possibilité individuelle d'entrer en communication avec Dieu. Je suis profondément croyant. La religion a joué un rôle dans ma formation : j'ai toujours été guidé par les préceptes de l'islam, et encore aujourd'hui je consulte régulièrement le Coran que je considère comme une source infinie de savoir et de sagesse. La religion fait partie de nous, mais j'estime qu'elle doit transcender le domaine politique pour faire de nous des citoyens vertueux et responsables. Le peuple dont l'État est l'émanation doit garder sa liberté de conscience, qu'elle soit religieuse ou politique.

La ferveur religieuse de mes parents et grands-parents n'avait d'égale que leur passion nationaliste – une fois de plus issue d'une grande tradition familiale. Le combat pour l'indépendance mené par une élite tunisienne, dont Habib Bourguiba représente aujourd'hui la figure de proue, était l'objet de toutes les attentions de ma famille. Elle a participé autant que faire se peut à l'avènement d'une Tunisie indépendante. Bien que n'ayant pas plus de cinq ans à l'époque, je me souviens parfaitement des manifestations auxquelles m'emmenait mon père. Malgré mon âge et la distance du temps, je ressens encore aujourd'hui, en y repensant, un frisson grisant, celui d'une foule qui, pendant quelques heures, reprend le contrôle de son destin.

Si le versant religieux relevait d'une dimension conservatrice, ma famille s'inscrivait pleinement dans la modernité du monde. Aussi conservateur et religieux qu'il fût, mon père acceptait que mes sœurs s'habillent à la dernière mode. Mon père était chef de gare à Sousse, la ville où j'ai grandi. À l'époque prestigieux, ce poste lui conférait certaines responsabilités et le poussait à interagir avec les colons français. Toujours est-il que c'est une des raisons qui l'a amené à être le premier homme du village à porter des pantalons droits ! Ce geste, aujourd'hui dérisoire, prouvait son envie de faire partie intégrante de la modernité en marche. De la même manière, mon père et mon oncle, qui surveillaient étroitement mes études, m'ont envoyé, dès mes quatre ans, dans une école française à Sousse où j'ai appris le français. Paradoxalement, je ne pouvais pas parler cette langue à la maison : dès que mon père m'entendait en dire un mot, il me réprimandait sévèrement *en français* pour m'obliger à parler arabe. Peut-être est-ce là, après tout, le summum de l'ambivalence dans laquelle j'ai été éduqué ! À l'époque, je n'en comprenais pas encore les enjeux. Cette perte de repères s'exprimait à coup sûr dans mon bégaiement précoce, comme si le choix de la langue m'était impossible. En réalité, je n'avais pas à me poser cette question, car elles font toutes deux partie de mon identité, et préférer l'une à l'autre ne serait pas envisageable.

Le français comme l'arabe, l'espagnol, l'anglais, l'allemand, ou n'importe quelle autre langue vivante, ne sont pas simplement des moyens de communiquer. Avec elles, c'est tout un schéma de pensée qui se dessine, une manière d'entrevoir la vie et toutes ses composantes. Le philosophe autrichien, Ludwig Wittgenstein, posait d'ailleurs l'hypothèse que le langage fait plus que représenter la réalité existante, il a une fonction agissante : il construit la réalité plus qu'il ne la reflète. Sa thèse est largement corroborée par les travaux empiriques des linguistes, dont l'un des plus célèbres, Benjamin Lee Whorf, s'appuyant sur les études menées sur les différentes langues amérindiennes, a émis l'hypothèse que le langage ne reflète pas simplement les différentes façons dont les cultures envisagent le monde, mais détermine en fait ces conceptions. Faites-en l'expérience. Si vous apprenez une deuxième langue, vous vous rendrez compte que certaines choses sont intraduisibles car elles découlent d'une conception et d'une culture dissemblables. En un mot, une langue charrie avec elle une culture qui lui est propre. Si j'affirme que l'arabe et le français sont deux langues qui ont forgé mon enfance, il faut bien sûr comprendre que j'ai baigné dans ces deux cultures-là, que je me suis imprégné de ce mélange stimulant.

Au-delà du langage, la « culture » englobe aussi les pratiques artistiques. C'est-à-dire que, plutôt que de reproduire une réalité extérieure, l'art va proposer de nouvelles manières de « constituer notre sens de la réalité » (Johanna Hodge), d'appréhender le monde à travers une vision différente. L'art ne « plane pas dans les airs », il est irrémédiablement rattaché à son contexte de production. S'approprier plusieurs cultures artistiques, c'est baigner dans un environnement culturel pluriel, synonyme de richesse.

Mes parents ont fait tout leur possible pour que j'aie la plus belle enfance et les meilleures chances de réussite. Même s'ils étaient terriblement rigoureux avec moi sur mes résultats scolaires, je savais qu'ils ne voulaient que mon bien. Ils m'ont ainsi inculqué très tôt le sens du devoir et de la responsabilité. Avec la même énergie, ils se sont efforcés de satisfaire ma curiosité insatiable et de répondre aux envies profondes que je manifestais. C'est pourquoi ils m'ont offert mon premier piano à l'âge de huit ans.

La musique a très tôt fait partie de ma vie. D'abord par la radio, puis par mes choix personnels. J'écoutais indifféremment le « rossignol brun » (*al andalib al asmar*) Abdel Halim Hafez, Om Kalthoum, la célèbre cantatrice égyptienne, Beethoven, Mozart, Brahms, et bien sûr des chanteurs et chanteuses français comme Georges Brassens, Barbara ou Edith Piaf, ainsi que les Beatles et Bob Dylan dont je connaissais par cœur une bonne partie du répertoire que je jouais à la guitare. La musique n'a pas de frontières, pas de limites. Je n'avais aucune raison de me restreindre à un type de musique, car je m'identifiais à ces différentes cultures. La musique en est un outil d'accès, elle est magique au point de permettre une sorte de communication transculturelle. J'irai même jusqu'à dire que les musiques que j'appréciais ont construit mon ambivalence culturelle. Ceci a certainement à voir avec les liens entre culture, musique et identité, comme l'explique adroitement le célèbre musicologue anglais Nicholas Cook. « La musique n'est pas seulement agréable à écouter. Au contraire, elle s'inscrit profondément dans la culture humaine (tout comme il n'existe pas de culture sans langage, il n'en existe pas sans musique). La musique semble être, d'une certaine façon, naturelle, elle semble être à part – et pourtant elle baigne dans les valeurs humaines, dans notre interprétation de ce qui est bien ou mal, vrai ou faux. La musique ne se crée pas d'elle-même, elle est ce que nous en faisons, ce que nous en pensons. Les gens *pensent* grâce à la musique, ils forgent leur identité à travers elle et s'expriment par elle[3]. » Ainsi, la musique n'est pas seulement un loisir, ou le moyen de comprendre une autre culture, mais bien un mode de construction (ou de reconstruction) de sa propre identité.

---

3. Nicholas Cook, *Music : a very short introduction*, Oxford University Press, 1998. Traduit en français sous le titre *Musique, une brève introduction*, Paris, Allia, 2006.

C'est ce bagage, fruit de cette ambivalence culturelle, nourrie par l'histoire millénaire de la Tunisie, que je veux transmettre à mes enfants. J'ai toujours aimé la langue arabe – sa littérature (Georges Zaydane pour ne citer que lui) m'a inspiré comme peu d'autres. La connaissance de plusieurs langues permet un accès toujours plus large au savoir.

D'aucuns récusent cette idée, en prônant un retour au passé. Ils souhaitent une dogmatisation unidimensionnelle à outrance de la société. Pour moi, cette idée n'a pas de sens, mon identité culturelle n'est pas un destin isolé, mais celui de toute une génération née pendant ou après la colonisation. Je ne demande pas qu'on accepte aujourd'hui tout ce que la France a fait au nom du « progrès » et de la « civilisation » ; je ne prône pas un quelconque « rôle positif » de la colonisation comme il a été question de l'enseigner à l'école en France. Je préconise d'accepter la colonisation comme une étape historique qui nous a façonnés et nous a construits comme nous sommes. Je ne porte pas de jugement moral, je me borne à dresser un constat de ce qui, dans notre histoire récente, a fait de nous des Tunisiens.

Si certains veulent aller vers une société unidimensionnelle, grand bien leur fasse. Ce n'est pas mon cas. J'espère grandement qu'il en sera autrement dans l'avenir. Ce n'est pas en regardant notre nombril que nous parviendrons à relever les défis qui nous attendent, mais en redressant la tête pour voir ce qu'il se passe ailleurs. Dans un monde façonné par la globalisation, notre avenir dépend de notre faculté à nous intégrer dans ce village qu'est le monde aujourd'hui.

La « fascination pour l'ailleurs ».

C'est une société tunisienne duelle et tolérante que j'ai appris à connaître et à aimer en grandissant. La Tunisie était tournée vers le monde et prête à en accueillir toutes les avancées. Son conservatisme moral ne l'empêchait pas de s'ouvrir sur l'Europe et le reste du monde. Comme je le dis souvent à mes proches et à mes collaborateurs, citant S.M. Lipset, « qui ne connaît qu'un pays n'en connaît aucun ».

Très tôt, poussé par une grande curiosité, je me suis mis à rêver à ce qui se faisait autour de moi, ainsi que hors des frontières. Je me souviens que, chaque samedi, je négociais avec ma mère jusqu'à ce qu'elle me donne les quelques sous nécessaires – le sésame ! – pour entrer au club Ciné-Jeunesse. J'y voyais avec joie tous les films du moment. Les films d'actions, tels que les westerns américains, exerçaient sur moi une grande fascination. Il était question de courage, d'abnégation, d'héroïsme, d'acharnement, et de la victoire de la vertu – autant de valeurs que j'érigeais en idéal. J'étais également captivé par les programmes radiophoniques en arabe émis depuis Londres, Paris ou Le Caire. Je les écoutais sans fin décrire les événements d'un monde qui ne vivait que dans mon imagination. Les images qui se formaient dans mon esprit n'avaient, évidemment, que fort peu de ressemblances avec la réalité. Mais était-ce bien important ? J'étais attiré par cet « ailleurs », et je ne me doutais pas un instant que j'y passerais plusieurs années de ma vie.

Ayant obtenu, par la suite, une licence en sciences économiques de la faculté de droit et de sciences économiques de Tunis, j'ai appris, avec bonheur, l'acceptation de ma candidature à l'université du Maryland (USA), où j'ai étudié pendant deux ans afin d'obtenir un master d'économie, et où j'ai complété mon cursus pour le Ph.D. avec, comme objectif, de rentrer au pays pour préparer ma thèse de doctorat.

Peut-être que ma plus grande angoisse était de ne pas être digne de la confiance que m'accordait mon pays. Il avait facilité le financement de mes études, je lui devais de réussir. Et surtout, je devais travailler de mon mieux pour ne pas décevoir les espoirs placés en moi. Ce que j'ai fait en recevant la distinction académique la plus prestigieuse aux USA, décernée par la *Phi Kappa Phi Honor Society*. Je retiens de mon expérience américaine, outre le bagage intellectuel et technique qu'elle m'a permis d'acquérir, que la Tunisie m'a donné une chance que j'ai su saisir.

C'est pourquoi j'ai décliné des offres alléchantes de postes à responsabilités aux États-Unis pour honorer une promesse explicite faite à ma famille, et un contrat implicite passé avec l'État tunisien : rentrer au pays.

De retour en Tunisie après mon séjour aux États-Unis, j'ai attendu un poste dans le secteur public qui ne s'est pas présenté. Je me suis donc tourné vers le secteur privé. Je suis entré à la Citibank qui m'a offert la chance d'entamer ma carrière professionnelle en Tunisie avant de me nommer, cinq ans plus tard, Directeur Général chargé des activités de la Citibank Tunisie, en Algérie et en Libye. C'est durant cette période que j'ai négocié avec le gouvernement tunisien de l'époque l'obtention de la licence bancaire de la succursale résidente de la Citibank en Tunisie. J'ai par la suite eu des responsabilités, toujours au sein de cette institution, aux Émirats arabes unis, au Maroc et à Londres. Mais j'ai toujours eu en tête qu'à l'aube de mes quarante ans, je retournerais au Maghreb. Ce rêve a été exaucé quand j'ai intégré le Groupe BMCE en 1998 où, pendant une douzaine d'années, j'ai occupé plusieurs postes à hautes responsabilités.

Si mon expérience – et je suis loin d'être un cas isolé – prouve quelque chose, c'est que la politique de Bourguiba, la promotion de l'homme dont il a été le fervent instigateur, a porté ses fruits. C'est en quelque sorte à cet homme que je dois en grande partie ma carrière.

La figure tutélaire d'Habib Bourguiba.

Je n'hésite pas à l'affirmer quand l'occasion se présente, Bourguiba a façonné ma vie.

Pour autant, j'ai toujours refusé d'être affilié au parti. Et quand mon père, à mes seize ans, m'a cérémonieusement donné ma carte d'adhérent, j'ai vécu mon premier éveil politique. Un électrochoc. J'étais encarté au parti du Néo-Destour. L'avais-je choisi ? Pas le moins du monde. Sur le moment, je n'ai pas trouvé les mots pour dire à mon père que ce geste relevait plus d'un rituel quasi religieux que d'un choix personnel. J'ai compris qu'il ne me laissait pas penser par moi-même, alors que l'orientation politique doit reposer sur des convictions profondes. La rationalité requise par les choix politiques ne saurait être dominée par une tradition qui prendrait le pas sur la réflexion personnelle.

Habib Bourguiba est un des personnages clés de la lutte pour l'indépendance. Longtemps en exil, il a malgré tout réussi à s'imposer comme l'homme de la situation. Il portait en lui une vision du pays. Éclairé, il ne voulait pas l'accomplissement de ses objectifs personnels – il n'en avait pas. Ce qu'il souhaitait par-dessus tout, c'est que la Tunisie retrouve un certain éclat. Il croyait fermement en son peuple, et il l'a montré tout au long de sa présidence.

Pas question pour autant de nier les facettes plus sombres du personnage. Malgré toute l'admiration que j'éprouve pour lui, j'ai parfaitement conscience des luttes de pouvoir terribles qui se sont jouées entre lui et Ben Youssef pour prendre la tête du Néo-Destour, ou bien de sa plus grande erreur – avoir accepté la présidence à vie. Il n'a pas su semer les graines de la démocratie et favoriser l'émergence d'une opposition sérieuse et de la pluralité démocratique, ce qui aurait évité à la Tunisie beaucoup de ses malheurs. De plus, les errements de la fin de sa vie ont en un certain sens entaché sa réputation, sans pour autant ruiner son œuvre. C'est pour ce qu'il a réalisé que je veux m'en souvenir.

Dois-je rappeler ce qu'il a accompli, alors qu'il était Premier ministre, environ cinq mois après l'indépendance ? Le célèbre Code du statut personnel a fait de la Tunisie l'un des pays les plus avancés sur le plan social. Cet arsenal législatif a mis sur un pied d'égalité formelle l'homme et la femme. Encore aujourd'hui, dans beaucoup de pays on n'a pas réussi à égaler ces acquis. Dois-je rappeler aussi que Bourguiba a mis en œuvre tout ce qui était en son pouvoir pour faire des Tunisiens un peuple lettré en assurant la gratuité de l'enseignement ? Avec un taux d'alphabétisation de près de 80 %, un taux de scolarisation des enfants de douze à dix-sept ans (égal pour filles et garçons) d'environ 70 %, c'est le pays le plus instruit du Maghreb. Le problème de la Tunisie n'est d'ailleurs pas sa capacité à former des étudiants et diplômés de talent, mais bien à leur offrir la place qu'ils méritent sur le marché de l'emploi.

Plus que tout, j'admire chez Bourguiba sa stature d'homme d'État. Salué par ses pairs, il portait en lui une vision de son pays et du monde arabe. Le président Kennedy disait à son propos qu'il était « comme le président Washington, un révolutionnaire. Et tout autant que le président Washington, quand la révolution l'a emporté, il a eu le sens du jugement, de l'autodiscipline et la force pour essayer d'apporter le bien et la paix parmi les siens, le peuple de l'ancien occupant de son pays et des pays voisins ».

Je n'aime pas à me rappeler ses obsèques. Ayant appris son décès, je suis rentré précipitamment du Maroc où je résidais, pour lui rendre un dernier hommage. J'étais posté avec des milliers de personnes, sous un soleil brûlant, à l'endroit où le cortège devait passer à Monastir, sa ville natale. Le trajet ayant été modifié au dernier moment, je me suis rué sur la télévision la plus proche pour suivre la cérémonie en direct : le seul programme diffusé était un documentaire sur les animaux domestiques... Depuis ce jour d'immense frustration, j'ai perdu toute considération pour Ben Ali. Et je n'ai sûrement pas été le seul : on se souvient qu'il a mis dans un *bus* les dignitaires venus des quatre coins du monde pour assister aux obsèques, et qu'il y a affiché ostensiblement son ennui.

Si j'ai pu montrer au lecteur d'où je viens, et qu'il a pu comprendre pourquoi je porte cet espoir d'une Tunisie ouverte, démocratique, pluridimensionnelle, alors tout est possible.

Chapitre 2
LA RÉVOLUTION DU JASMIN

Il suffisait d'une étincelle pour que tout s'embrase. Et cette étincelle porte aujourd'hui un nom, celui de Mohamed Bouazizi, et une date, le 17 décembre 2010. Profondément meurtri par l'humiliation publique qu'il a reçue, il n'a pas supporté qu'on lui confisque pour la énième fois sa charrette, son outil de travail, qu'on le maltraite sur la place centrale à la vue de tous et que, par-dessus le marché, on refuse d'enregistrer sa plainte au siège de la municipalité. Il arrive un moment où un homme atteint les limites de ce qu'il peut endurer, et où la souffrance prend le pas sur toute autre considération. Mohamed Bouazizi est alors revenu, devant le bâtiment municipal, un bidon d'essence dans les mains, et dans un geste désespéré s'en est aspergé et s'est immolé. Bouazizi n'était pas le premier jeune Tunisien à connaître une fin tragique. Le 3 mars 2010, devant la municipalité de Monastir, un autre Tunisien, Abdesslam Trimèche, s'était immolé par le feu après la confiscation de sa charrette de vendeur ambulant, seule source de revenu pour sa famille, et le refus qu'il s'est vu opposer à sa demande d'autorisation déposée à ladite municipalité. Ce jeune trentenaire est décédé en martyr, comme son grand-père, qui portait le même nom, mourut pour l'indépendance de la Tunisie le 31 août 1953. Deux martyrs dans une même famille : l'un au service de son pays, l'autre parce que son pays l'a trahi !

Au décès de M. Bouazizi, le 4 janvier, la capitale tunisienne est calme et sereine. Les touristes sont toujours là, les uns s'apprêtent à visiter Carthage, les autres s'affairent dans la Kasbah, d'autres encore s'agitent avant de quitter la capitale pour les stations balnéaires de la côte sud. Les journaux, qu'ils soient en français ou en arabe, ne relatent pas les soulèvements de la région de Sidi Bouzid entre le 19 et le 24 décembre, ni ne traitent de la mort de Bouazizi. Ils se concentrent plutôt sur les mesures d'application du programme de développement régional décidé le 15 décembre par le président Ben Ali, comme s'il s'agissait d'un épiphénomène sans conséquences...

Mais la mort du jeune marchand de vingt-six ans va bel et bien entraîner la chute du président. Les affrontements, entre le peuple et les autorités, vont finalement provoquer le 14 janvier le départ de Ben Ali, sous les cris de la foule, scandant tour à tour : « dégage » et « démocratie ».

Avions-nous affaire à une révolution en marche ?

Il y avait une constante en Tunisie : l'omniprésent portrait de Ben Ali, droit dans son costume sombre, les cheveux plaqués, trônant à côté d'un drapeau gigantesque de la Tunisie. Son nom, en public, ne devait être suivi d'aucune critique. Présent dans la rue, dans les restaurants, les administrations, il n'était pas qu'un personnage symbolique. Certains n'y croyaient pas... et pourtant un faisceau d'indices aurait pu nous mettre la puce à l'oreille. Même s'il était évidemment impossible de prédire tous les événements, quelques secousses sociales annonçaient déjà le tremblement de terre.

Je suis persuadé que nos représentations du monde et des événements qui le traversent ne sont pas sans incidence. Les discours que nous portons sur le monde construisent les représentations que nous en avons. Et ce qui est vrai pour l'affirmation de nos identités par le langage l'est tout autant pour la compréhension des événements politiques. Les mots utilisés pour décrire une situation politique sont autant de briques qui façonnent notre pensée. Autrement dit, faire l'économie d'une analyse théorique nous empêcherait simplement de prendre la pleine mesure des effets performatifs du langage et du poids des mots en politique.

Dès la chute de Ben Ali, les médias ont parlé de révolution, sans aucune retenue. Prudence ! L'analyse théorique d'une révolution nécessite de se mettre d'accord au préalable sur l'objet d'étude. Qu'est-ce qu'une révolution ? En quoi se distingue-t-elle d'une révolte, d'un soulèvement ? La définissons-nous par ses acteurs, ou par ses conséquences ?

Une étude combinée de ces deux types de facteurs me semble le plus juste, car elle permet d'en saisir toutes les dimensions. Le profil des acteurs permet d'appréhender la *nature* de la révolution, ce qui nous aide à analyser les répercussions qu'elle engendre. Distinguer les révolutions dites « par le haut » (Allemagne, Angleterre) des révolutions « par le bas » (France, États-Unis), c'est-à-dire en fonction des groupes sociaux qui en sont les instigateurs, nous offre un cadre d'analyse affinant l'identification des intérêts défendus par les acteurs, et par ce biais une vision claire de leurs revendications.

Peut-être qu'à l'instar d'Abdelwahab Meddeb, qui dans son livre compare la révolution tunisienne à celle de 1789 en France[1], nous devrions nous y pencher. En effet, cet écrivain philosophe, qui a beaucoup travaillé sur la question de l'Islam, effectue ce parallèle car, selon lui, ces deux révolutions

1. Abdelwahab Meddeb, *Printemps de Tunis, la métamorphose de l'histoire*, Paris, Albin Michel, 2011.

sont le symbole d'un combat contre l'obscurantisme qui menace et, en ce sens, sont l'avènement des Lumières. La révolution tunisienne pourrait être, dans cet ordre d'idées, une révolution de la modernité politique (la démocratie) contre l'obscurantisme (la dictature népotique et l'autoritarisme néo-patrimonial). Les « lumières de la raison démocratique » ont-elles fait fuir les noirceurs du régime autoritaire ? Si on se penche sur l'histoire de la Révolution française, on se rend vite compte que les choses ne sont pas si dichotomiques. Le manichéisme, pourrait-on dire, est l'ennemi d'une fine compréhension de l'histoire.

Il est commun d'affirmer que la Révolution française a été une révolution « bourgeoise ». Mais que signifie cet adjectif ? Veut-il dire que seul le groupe social de la bourgeoisie a pris part à la révolution, qu'il était le seul à s'insurger contre le pouvoir royal ? L'histoire nous montre bien que non, et que le peuple de Paris et d'ailleurs a activement participé au basculement. L'idée de révolution bourgeoise réside donc plus dans les intérêts qui ont triomphé, après la destitution du souverain, que dans ses acteurs mêmes.

Parmi les transformations profondes de la société française, le passage d'une économie féodale à une économie capitaliste est probablement la plus importante. Disons que c'est *a priori* la plus probante et qu'elle est significative des aspirations de ses instigateurs. L'intérêt de la bourgeoisie était alors de prendre part à l'activité économique de manière plus prégnante, et d'accéder à certains privilèges qui lui étaient refusés. L'abolition des privilèges pendant la nuit du 4 août 1789, n'était pas uniquement due à une ambition humaniste.

Dans le même temps, le régime politique a lui aussi été complètement transformé, puisque la monarchie est devenue une république, un empire, pour finalement redevenir une république près d'un siècle plus tard.

Si la Révolution française a eu lieu dans le cadre du royaume de France, son influence n'a pas été circonscrite à ses frontières, loin de là. Elle a rapidement servi d'exemple aux autres peuples européens, pour être brandie en étendard par ceux qui souhaitaient « disposer d'eux-mêmes ». Encore aujourd'hui, érigée en modèle, elle nourrit le mythe national de la France « patrie des droits de l'homme ». En ce sens, la vie de la Révolution française n'est pas contenue entre 1789 et 1805.

De cette esquisse rapide de la Révolution française et de ses conséquences, il ressort qu'une révolution induit un changement du mode de production, un changement profond de régime politique, et qu'elle n'est pas circonscrite à un espace étroit et une temporalité précise. Ce en quoi elle se différencie d'un soulèvement ou d'une révolte qui sont limités à un espace géographique restreint, ne s'étendent pas dans la durée et ne regroupent qu'une maigre partie de la population. Pour autant, un soulèvement, s'il en entraîne d'autres, peut aboutir à une révolution.

Ceci dit, la question reste la même : la Tunisie a-t-elle vécu une révolution ?

À partir du cadre d'analyse que nous venons de dresser, nous pouvons dorénavant nous pencher sur ce qu'il s'est passé l'année dernière : définir les conséquences économiques, politiques et symboliques d'un mouvement social pour savoir s'il s'agit d'une révolution. Si c'est le cas, appréhender sa nature par le biais de ses acteurs (« par le haut » ou « par le bas ») et de leurs revendications. Au moment de la chute de Ben Ali, il était trop tôt pour statuer, puisqu'une révolution s'étudie sur le temps long. Aujourd'hui, on peut sans grand risque avancer un peu sur cette interrogation.

Le travail accompli dans le gouvernement de transition était dans la droite ligne d'un changement de mode de production. Nous avons combattu les vestiges du régime de Ben Ali, et de sa mainmise sur les richesses du pays, pour permettre aux citoyens tunisiens de se les réapproprier. Les entrepreneurs qui s'efforçaient de ne pas trop réussir afin de rester hors des écrans radar des prédateurs, devaient se sentir libérés de leur crainte de voir s'abattre sur eux la main invisible de l'entourage du président. Les membres de l'appareil étatique n'avaient plus à intercéder dans les attributions de marchés publics, comme ils le faisaient auparavant. Nous avons favorisé l'émergence d'un nouveau cadre économique.

La chute de la dictature a-t-elle donné naissance à un nouveau régime politique qui a aboli les pratiques anciennes ? Nous nous sommes efforcés, dans le gouvernement transitoire, de créer une nouvelle forme de gouvernance, et d'établir les bases d'une démocratie réelle. Pour autant, nous ne pouvons tirer des conclusions sur cet aspect-là que sur un temps plus long. Nous avons assisté le 23 octobre 2011 à des élections libres, une première et un grand pas en avant. Mais rien n'est encore terminé.

En revanche, s'il est une dimension qui ne peut que faire consensus, c'est bien celle de l'influence du soulèvement de la population tunisienne sur le monde entier. Si la presse tunisienne officielle ne relayait pas les informations concernant la mort du jeune Bouazizi, les médias des autres pays, eux, en faisaient longuement état. Plus encore, les prouesses tunisiennes ont servi d'exemple aux autres peuples du monde arabe et les ont inspirés pour améliorer leurs conditions d'existence. L'Égypte, la Libye, le Bahreïn, le Yémen, la Syrie, la Jordanie, etc. Toutes les relations internationales ont par la suite été remodelées de fond en comble ; il n'y a pas eu de séisme de ce type dans la diplomatie mondiale depuis bien longtemps – depuis le 11 septembre 2001 probablement.

Bien qu'il soit peut-être prématuré de dire, en s'appuyant sur les critères que j'ai énumérés, s'il s'agit bel et bien d'une révolution, je prendrai quand même la liberté de l'affirmer. Les effets performatifs des discours ne sont pas anodins. Si affirmer que les Tunisiens ont accompli la première révolution du XXIe siècle peut aider à sa réalisation effective, pourquoi m'en priverais-je ? Et surtout, je veux rendre hommage aux Tunisiens et aux Tunisiennes qui ont permis à leur pays de vivre cette page d'histoire remarquable.

La révolution du peuple, par le peuple, pour le peuple.

Qui sont-ils, celles et ceux qui ont mené le combat révolutionnaire contre la dictature ? Que voulaient-ils ? Quel vent les portait si loin dans l'action ?

La révolution a été faite par des hommes, des femmes, des jeunes, des plus âgés, des riches, des moins riches, tous ensemble tournés vers les mêmes objectifs, et sans organisation institutionnelle pour leur dire quoi faire ou quoi dire.

Sans mot d'ordre fédérateur ou leader proclamé, la révolution a montré que la spontanéité était la meilleure des stratégies, tant l'imprévisibilité des actions a rendu le pouvoir en place incapable de les contenir.

Une révolution avec les femmes.

Une des premières choses qui a marqué les observateurs internationaux a été la forte présence des femmes dans cette révolution. Pourquoi ont-ils été surpris ? Est-ce dû à leur manque de connaissance de notre société ? Les femmes ne pourraient-elles pas prendre leur destin en main ? Ne seraient-elles que des objets malléables sans volonté propre ? Les nombreuses photos des manifestations, à elles seules, montrent à merveille combien ces préjugés sont loin de la réalité. Pour qui s'intéresse au sujet, il ressort vite que les femmes ne cessent d'être concernées et impliquées politiquement.

Sur un temps très court, au-delà du poids des femmes dans la révolution et dans la période qui l'a suivie, rappelons-nous une fois de plus les épisodes de Gafsa en 2008, où les femmes se sont pleinement investies. Les premières contestations avaient débuté dès le 5 janvier pour protester contre un concours de recrutement à la Compagnie des phosphates de Gafsa

(CPG) manipulé. La contestation s'était ensuite étendue dans tout le sud-ouest de la Tunisie et avait duré plusieurs mois. La situation alimentaire terrible était un terreau de revendications inépuisable.

À cet engagement politique des femmes, il y a plusieurs types d'explications. Tout d'abord, elles qui sont l'avenir de notre pays, qui ont le souci de l'autre, comment auraient-elles pu ne pas réagir ? Comment, face à cette transformation de fond en comble de la société tunisienne, rester les bras croisés ? N'importe qui aurait agi de la même manière ; il est des moments historiques qui transcendent toute considération de genre, de sexe, d'origine sociale ou culturelle. La révolution du Jasmin en était un.

Par ailleurs, l'instauration du Code de statut personnel par Habib Bourguiba a entraîné un nombre considérable d'avancées pour les femmes. Leur niveau d'éducation a remarquablement augmenté, ce qui leur a permis, en parallèle avec un assouplissement des mœurs, d'accéder au monde du travail. Le salariat leur a fait gagner une certaine indépendance et, couplé à la libéralisation des moyens de contraception faisant baisser le taux de fécondité, leur a donné la possibilité d'exploiter autrement leur temps, notamment dans l'activisme politique.

Ceci dit, les femmes ont depuis bien longtemps conscience du poids qu'elles peuvent avoir sur les décisions publiques et les affaires de la cité. Elles joueront, sans aucun doute, un rôle déterminant dans l'émergence de la nouvelle Tunisie. La destinée du pays est en grande partie entre leurs mains.

L'histoire du féminisme dans le monde arabe remonte au début du siècle. Au départ, il est surtout le fait d'hommes prenant conscience de la situation des femmes dans la société de l'époque, tels l'Égyptien Qasim Amin (1863-1908), le Syro-Libanais Boutros Al Boustani (1819-1883) et le Tunisien Tahar Haddad (1899-1935). Ils plaident pour l'émancipation sociale et politique des femmes, ce qui suscite une levée de boucliers dans les milieux conservateurs. Cette forte opposition n'empêchera pas Tahar Haddad de poursuivre sa route. Issu de la Zitouna, traditionaliste sur le plan religieux, il publie en 1930 l'ouvrage *Notre femme dans la charia et la société*, un programme de réformes à l'avantage des femmes. Il y appelle à l'abolition de la polygamie, et à la généralisation de l'instruction pour les femmes.

Honni par les milieux religieux, ce texte le condamne à l'exil. Son influence ne s'éteint pas après son départ du sol national puisqu'il reste aujourd'hui une référence pour les féministes tunisiens. Qui plus est, ce sont ces idées-là qui ont inspiré le Code de statut personnel écrit vingt-six ans plus tard !

La révolution du Jasmin a permis de rappeler que les femmes avaient un rôle politique primordial à jouer, et qu'il n'était pas question de les oublier.

Il subsiste cependant de nombreux défis à relever. Même si leur taux d'analphabétisme est bien inférieur à celui d'il y a trente ans, il est toujours deux fois plus important que celui des hommes (30 % pour les unes et 15 % pour les autres), avec des disparités régionales qui ne font que creuser le fossé entre les différentes parties du pays. De plus, seulement 25 % des femmes en âge de travailler exercent une activité professionnelle, contre 70 % des hommes. Leur situation est similaire à celle de la jeunesse en général, qui elle aussi doit faire face à de nombreux enjeux de taille.

Une jeunesse dans l'impasse ?

La structure même de la population tunisienne a été profondément transformée ces dernières décennies. Le fléchissement du taux d'accroissement naturel de la population est le résultat de l'effet combiné de la baisse des taux de natalité et de mortalité et de la diminution de la fécondité. Alors qu'en 1994, une femme avait en moyenne 2,90 enfants, en 2009, cet indice de fécondité chutait à 2,05. La Tunisie est donc toujours dans une dynamique de renouvellement de sa population, mais à l'avenir, il est très possible que cet indice passe sous la barre des deux enfants par femme, ce qui entraînerait logiquement une baisse de la population sur la génération suivante (si l'on ne compte pas les possibles immigrations), puisqu'il n'y aurait pas de renouvellement générationnel.

Les raisons de cette transformation de la natalité tunisienne sont à chercher, pour une grande part, dans les avancées sociales qu'a connues le pays. L'amélioration constante du niveau d'instruction des femmes – même si nous avons vu qu'elle devait aller en progressant –, se poursuit de la même manière que son intégration dans le marché de l'emploi. De plus, l'élargissement de la couverture sanitaire et sociale et le renforcement des prestations relatives à la santé reproductive (contraception, prévention, IVG, etc.) ont elles aussi permis le développement de meilleures conditions de vie et de santé.

Si toutes ces avancées ont pu être opérées, il faut rendre justice aux actions de l'État qui prend ce rôle social très au sérieux et y consacre une part substantielle de son budget. Il va donc sans dire que l'accent est mis sur l'investissement dans le capital humain[2].

2. Le capital humain correspond à l'ensemble des qualifications, compétences, aptitudes, expériences d'un individu qui lui donne la possibilité de s'insérer dans le processus de production.

On peut toujours identifier des poches d'économie, à court ou à moyen terme, en réduisant l'investissement sur la formation, la santé et l'éducation ; il est facile d'oublier qu'avant toute chose, l'économie est constituée d'hommes et de femmes. Une politique économique digne de ce nom ne lésine pas sur les moyens dans les secteurs sociaux ; il faut garder en tête qu'une meilleure éducation, un système de santé accessible à tous les travailleurs, ne peuvent qu'augmenter les capacités et la productivité de chacun. Ainsi, plus on investit dans la scolarisation – dont le taux général en Tunisie est de 77,20 %, avec 98,70 % dans l'enseignement primaire, 78,50 % dans l'enseignement intermédiaire et 38,40 % dans le supérieur –, plus on a des travailleurs qualifiés à même de réaliser des travaux avec une forte valeur ajoutée. Un système de santé et de sécurité sociale performant permet au secteur économique de s'appuyer sur une main-d'œuvre efficace et consciencieuse. En d'autres termes, non seulement il est souhaitable de prendre la peine d'investir dans les secteurs sociaux par respect pour les citoyens et souci de justice sociale, mais il est, en plus, indispensable de s'y atteler si on souhaite créer un environnement économique attractif, stable et efficient. Dans une perspective de croissance, le capital humain est une composante essentielle du progrès économique. Il ne suffit pas d'investir dans le capital technique ni de fournir un apport financier – le travailleur ne se nourrit pas de machines, mais il s'en sert pour être plus productif.

Malgré tous ces efforts, de fortes inégalités sociales et régionales persistent en Tunisie. Toutes les politiques d'amélioration des conditions de vie et de promotion des ressources humaines ne suffiront pas à résoudre les problèmes principaux du pays, si certaines décisions ne sont pas prises. Avec 66,30 % de la population en 2009 (la tranche 15-59 ans), et une demande additionnelle d'emploi de 80 000 personnes chaque année, le marché de l'emploi est saturé. Et pour preuve, le taux de chômage national officiel en 2012 atteint 18,6 % de la population active. Mais ce n'est pas tout. Alors que dans les régions côtières, le nombre de demandeurs d'emploi est plus bas de quatre points de pourcentage, dans les régions intérieures, par contre, le taux de chômage atteint 18 %. Dans ces conditions, les jeunes ont de grandes difficultés à accéder à un emploi, jusqu'à 40 % de diplômés sont au chômage dans certaines régions.

Alors qu'on pourrait croire qu'un diplôme constitue un filet de sécurité face au chômage, il n'en est rien. La Tunisie baigne en plein paradoxe. Son système académique est performant en termes de nombre de diplômés – ça oui ! Mais à quoi sert un diplôme s'il doit rester dans un tiroir ?

Au niveau national, les jeunes diplômés sont pour le quart d'entre eux au chômage. Le nombre de nouveaux diplômés, chaque année, représente environ 40 000 personnes, soit la moitié de la demande additionnelle d'emploi. Quoi de plus terrible, alors, que seulement 35 % d'entre eux parviennent à décrocher un travail ?

Voilà le *drame* de la société tunisienne. Et l'explication de la profonde colère du peuple. Comment une génération de jeunes peut-elle vivre sereinement quand elle ne peut accéder à la dignité d'un travail, et de ce fait à la vie de famille à laquelle elle aspire ? Les études montrent que l'âge du mariage a été grandement retardé, pour atteindre près de trente ans aujourd'hui. Certains pourraient y voir le signe d'une société qui ne souhaite plus suivre les traditions ancestrales. Mais il semble, au vu du taux élevé de « fécondité dans le mariage » et à l'image de la famille fortement valorisée, qu'il ne s'agit pas de cela. Bien au contraire, la jeunesse tunisienne souhaite fonder une famille et il lui faut des ressources financières suffisantes qu'elle ne peut obtenir.

Nous avons dans ce dernier élément un début de réponse à une question qui pourrait logiquement se poser quant à la nature de la révolution tunisienne. Qu'est-ce qui nous empêcherait de la qualifier de « révolution générationnelle » ?

Se focaliser sur le rôle essentiel des *jeunes* dans la révolution tunisienne pourrait laisser croire que les revendications étaient celles de la *jeunesse*. Les médias ont posé cette hypothèse dès le départ, reprise par la suite comme *leitmotiv*. Or, rien n'est plus faux. Tout comme ils n'ont pas nécessairement fait état de la présence massive des femmes, ils ont oublié de préciser que les jeunes n'étaient pas les *seuls*. En ce sens, on ne peut parler de « révolution générationnelle », et on doit plutôt se pencher sur ce qui a poussé les groupes sociaux à agir dans cette révolution, à savoir les inégalités de développement entre régions, et la demande d'une normalisation capitaliste et démocratique.

La fin de toute opposition infranationale ?

La Tunisie souffre depuis longtemps d'une fracture entre la côte et l'intérieur. Un gouffre de développement sépare ces deux territoires. La révolution a d'une certaine manière permis que la « magie » opère : les populations de l'intérieur et de la côte ont agi ensemble, dans le même sens et pour un objectif commun.

Plus encore qu'un effacement de ces différences régionales, la révolution a montré qu'il était possible de sortir d'oppositions fondées sur l'origine sociale.

La révolution tunisienne a été de nature populaire. Non que les gens du « peuple » (ceux « d'en bas » ou les « prolétaires », suivant l'idéologie dont on se réclame) aient mené le combat, mais parce que le « peuple national », c'est-à-dire tous les Tunisiens réunis, a convergé vers un objectif commun.

La révolution tunisienne est donc l'expression d'un mouvement interclassiste. La classe sociale, qui est une représentation mentale des différents groupes sociaux aux caractéristiques similaires (niveau d'éducation et de revenus) susceptibles d'avoir les mêmes pratiques (culturelles, politiques) sans pour autant que ce soit automatique, n'a pas disparu. Mais toutes les classes qui composent la société tunisienne ont agi main dans la main, mues par l'intérêt du pays avant tout. Leurs particularismes ont été relégués au second plan pour ne laisser surnager que les intérêts primordiaux. *« It's the economy, stupid »* (« Pense à l'économie, idiot ») disait Bill Clinton aux élections présidentielles américaines de 1992. Tout ironique qu'il soit, ce slogan explicite une réalité qu'il ne faut pas perdre de vue. La simplicité même de cette phrase, formulée comme si le locuteur était passablement excédé de ne pas se faire comprendre, s'adresse à tous ceux qui se méprennent sur la nature des réponses politiques qu'il faut apporter. À des problèmes *économiques* (le chômage par exemple), il ne peut y avoir de réponses qu'*économiques*.

Les slogans qui fusaient lors des manifestations donnaient pleinement à entendre les aspirations des révolutionnaires. « L'emploi est un droit », « Bande de voleurs », « Ben Ali, dégage ! ». Autant de revendications, et si peu de *mots d'ordre.* De ces exigences, il ressort que les mouvements de janvier étaient singuliers par leur nature interclassiste et par l'absence d'idéologie et de besoin de *leadership*.

L'urgence de la situation a uni la population contre un ennemi commun, le clan au pouvoir – Ben Ali et la famille Trabelsi, évidemment –, qui maintenait d'une main de fer les activités économiques les plus lucratives dans son giron. Il n'était pas question de querelle idéologique, les objectifs n'étaient pas de nature à provoquer des clivages. Les uns exigeaient un accès à la dignité, c'est-à-dire à un travail, tandis que ceux qui en avaient un demandaient à pouvoir l'exercer librement. N'est-ce pas terrible d'en arriver là ? Que des gens soient obligés de renverser leur dirigeant pour obtenir ce qui est un droit fondamental ? Les agissements du dictateur et de son clan gênaient les affaires. Nous avons donc assisté à une demande de normalisation du capital plus qu'à la volonté idéologique d'éliminer la figure du rentier racketteur.

Cette idée de normalisation capitaliste suppose que les revenus des régimes soient investis dans des activités économiques rationalisées. Elle doit notamment passer par une légalisation de tout le réseau informel, niche représentant une part non négligeable (et difficilement quantifiable, logiquement) de la production de richesses du pays. Cette économie informelle représente la colonne vertébrale du réseau mis en place par les élites rentières. Celles-ci s'étaient approprié les revenus qui revenaient de droit aux entrepreneurs, et contrôlaient les circuits d'importation des produits de consommation, sans que les institutions fiscales et douanières y portent le regard. Ainsi, puisque ces transactions ne sont pas assujetties à l'impôt, le prix des produits importés diminue, ruinant du même coup la production locale.

En plus, une normalisation du capital nécessitait une normalisation de l'accès au crédit. En effet, les proches du pouvoir pouvaient en profiter largement, sans que les institutions financières puissent s'y opposer[3]. Ces pratiques clientélistes recyclaient donc les pratiques patrimoniales de l'État tunisien décrié par sa population.

3. La Société tunisienne de banque (STB), à elle seule, avait dans son portefeuille plus de 430 milliards de DT de crédits octroyés aux proches de Ben Ali.

Les slogans des manifestants montraient en outre le désir ardent d'un régime démocratique. À la normalisation du capital devait s'ajouter une normalisation démocratique. Car nous venons de voir que si on essaie l'un sans l'autre, rien n'est possible, puisque les pratiques économiques d'un État corrompu ne permettent guère la mise en place de principes démocratiques.

La révolution, dans son déroulement même, a donné vie à une multitude de pratiques démocratiques. Le peuple s'est organisé par lui-même, sans l'aide d'aucun parti ni de syndicat. Guidée par une logique quasi émeutière, la révolution a accompli spontanément ce qu'aucun Parlement n'aurait pu faire. Le peuple tunisien n'a pas eu besoin de leader. Quiconque a essayé de se réapproprier cette révolution n'y est pas parvenu et s'est heurté à ceux qui l'ont conduite au quotidien, pas à pas, dans la sueur, le labeur, poussés par leurs espoirs.

Les acteurs de la stabilité.

Dans les autres pays qui ont pris part au « printemps arabe », la situation a littéralement dégénéré, la répression a fait de nombreuses victimes innocentes. Pourquoi n'y a-t-il pas eu en Tunisie de dérapages comme en Libye ou en Syrie ? Comment s'est construit le rapport à la violence lors de la révolution tunisienne ?

La révolution du Jasmin ne s'est pas pour autant soldée par un bilan vierge de tout drame. En tout, selon un récent rapport, elle aurait fait 238 morts (dont 86 morts dans les prisons, 14 agents de sécurité et 15 soldats).

J'ose voir ici la conséquence du bon niveau d'éducation, de la maturité et du sens de la modération du peuple tunisien dans cette phase délicate de son histoire. Et surtout, je pense qu'il faut comprendre que, dans cette révolution, les idéologies ont définitivement été laissées de côté. Dans l'ensemble, les révolutionnaires aspiraient, comme je l'ai expliqué plus haut, à l'avènement d'un système démocratique qui offrirait enfin la possibilité d'accéder à la dignité et au marché de l'emploi.

La seule idéologie qui a, après coup, pris de l'ampleur, est celle qui a remporté les élections. Les représentants de l'islamisme n'étaient pas pour autant présents dans les manifestations. La population n'a suivi aucun leader de l'opposition. À titre individuel, cependant, certains membres ou sympathisants du parti islamiste étaient bien évidemment dans la rue. Il est possible d'expliquer l'absence du parti islamiste par sa trajectoire politique récente, qui l'a éloigné peu à peu de la rue.

Au départ, c'était un parti d'opposition évoluant à la limite de la légalité et subissant une répression importante de la part de Ben Ali qui a annihilé toutes ses velléités politiques.

Un « héroïsme » de tous les instants.

Nous sommes redevables aux agents administratifs de leur activité. Ceux-ci n'ont, durant toute la période révolutionnaire, jamais failli à leur mission. Ils ont su, par leur abnégation, assurer à la Tunisie une tranquillité que peu de pays ont pu préserver dans des périodes de troubles de cette ampleur. La redistribution des cartes politiques ne les a pas détournés de leur devoir, à savoir permettre à la population de continuer à vivre à peu près normalement. Les examens n'ont pas été annulés, la pénurie de nourriture a été circonscrite à une période très courte, et l'attente aux pompes à essence n'a jamais été longue.

Le pays a pu tourner grâce au maintien des services publics et à la discipline dont le pays entier a fait preuve. La générosité des Tunisiens dans la révolution a été immense. Que ce soit lors de catastrophes[4], ou bien vis-à-vis de nos voisins

4. Je pense ici aux inondations des 30 et 31 octobre 2011.

libyens. Des dizaines de milliers de réfugiés et de frères libyens ont fui leur pays, pour s'abriter de la pluie de bombes et de la répression active. Ils ont vécu pendant des mois entiers dans des familles tunisiennes, qui se sont conduites admirablement.

J'aime donc à parler d'« héroïsme » à propos de ces citoyens et de ces agents de l'administration, qui se sont montrés vraiment à la hauteur dans ce moment historique.

Syndicalisme et démocratie.

L'Union générale tunisienne du travail (UGTT)[5] représente une des organisations les plus puissantes du pays depuis l'indépendance. Forte de 500 000 adhérents, elle est implantée dans toutes les régions du pays ; elle est très présente dans le secteur public. En 2008, lors des événements à Gafsa, les militants locaux de la centrale syndicale ont apporté leur soutien aux manifestants, leur

5. L'Union générale tunisienne du travail (UGTT) est la principale centrale syndicale tunisienne. Elle a été fondée en 1946 par Farhat Hached, et reste aujourd'hui une force politique importante, notamment par son rôle historique lors de l'indépendance et pendant les mandats de Bourguiba. Elle s'organise autour de cellules locales, ferments de sa légitimité (N.d.E.).

donnant une légitimité supplémentaire, et montrant par là leur attachement aux valeurs démocratiques. Aucun des partis qui aujourd'hui sont au pouvoir, n'ont contribué à la révolution. S'il y a une organisation qui y a joué un rôle, c'est bien l'UGTT – surtout les branches méridionales, notamment celle de Sfax.

Si la centrale syndicale tunisienne n'a pas dès le début de la révolution apporté son soutien inconditionnel, il convient néanmoins de replacer dans son contexte cette institution. Sa direction était tenue à un rôle de neutralité politique dont elle s'est détachée. Mais les prises de décisions, au sein d'institutions de cette nature, sont parfois houleuses et controversées. Toujours est-il que la centrale syndicale a su jouer un rôle prépondérant par la suite, dans la période transitoire. Se faisant la voix des travailleurs, elle a permis la réalisation et le maintien de la pression concernant leurs revendications au niveau de l'État.

J'ai un profond respect pour le rôle historique de l'UGTT, et son implication dans la révolution. Lors de mon temps au ministère, j'étais en permanence en contact avec le secrétaire général de la centrale syndicale, Abdessalem Jrad. Nous n'étions, bien évidemment, pas d'accord sur tous les points, mais nous parvenions toujours à trouver un terrain d'entente. J'admire le rôle de force politique que l'UGTT a pu jouer, car elle m'a permis une compréhension plus aiguë des revendications de la base. Peut-être aurait-elle pu jouer encore plus le rôle de stabilisateur ? Je me pose aujourd'hui la question.

La force civile (l'administration et les citoyens), la représentation des travailleurs (l'UGTT), n'auraient pu tenir le rôle prépondérant qu'ils ont eu sans l'appui d'une des forces les plus importantes du système tunisien, l'armée.

L'armée, garante de la paix publique.

L'attitude de ce corps de l'État a été décisive dans le moment révolutionnaire, tant elle a précipité la chute de Ben Ali. Avant le refus de l'armée de tirer sur la foule, fidèle en cela à sa doctrine d'emploi, son prestige n'était pas forcément des plus importants. Sa retenue a certainement encouragé les insurgés à radicaliser leur protestation. Les slogans réclamaient alors sans ambages le départ du dictateur.

Pourtant, dans le même temps, la police a continué à appliquer les ordres du palais de Carthage et à faire peser sur les manifestants la peur constante de la répression. Pourquoi de tels écarts ? Pourquoi l'armée n'a-t-elle pas réagi comme la police, et s'est-elle refusée à tirer sur la foule ? Pourquoi s'est-elle retournée contre Ben Ali et a-t-elle rejoint le peuple ?

Pour répondre à ces questions, je vais rechercher des facteurs explicatifs dans une logique plus structurelle que conjoncturelle. Je ne pense pas que l'on puisse, de manière satisfaisante, comprendre ces comportements si l'on se limite à analyser les seuls événements de la révolution. Il nous faut donc étudier la structure de la police et de l'armée, et surtout historiciser les processus en œuvre dans ces institutions, c'est-à-dire voir quels ont été les changements au sein de l'armée ces dernières décennies.

Il n'est pas facile de savoir combien d'individus composaient les forces de police au temps de Ben Ali. En 2000, un rapport du Conseil national pour les libertés en Tunisie (CNLT), une association non reconnue par les autorités, établissait un chiffre de 133 000 agents de police, pour une population d'environ 9 millions d'habitants. Ce chiffre reste une estimation, ce qui le rend évidemment contestable. Il n'est pas basé sur des données comptables précises. Il montre, malgré cette limite, un ordre de grandeur qui, même revu à la baisse (80 000 hommes), donne un ratio de policiers par habitants de 1 pour 110. À titre de comparaison, en Europe, ce ratio est de 1 policier pour 265 habitants.

Autant dire que l'État tunisien, par la présence policière, quadrillait son territoire et ses citoyens de manière efficiente.

Plus encore que le nombre d'agents des forces de sécurité, c'est son déploiement qu'il est intéressant d'étudier. À l'orée des années 70, il était uniquement fonction des situations d'alerte. Passé cette date, l'état d'urgence n'a plus jamais été levé et la mobilisation des forces de police, jusque-là en dents de scie, a pris de l'ampleur. Cette évolution est allée de pair avec les changements au sein des instances de contrôle de cette institution. Jusqu'en 1977, l'appareil policier était occupé par un personnel issu du cercle politique. Puis, avec l'arrivée de Ben Ali à sa tête, une transformation d'envergure s'est opérée. Il a fondé une organisation rationnelle de la police, basée sur la technicité. En d'autres termes, il a formé un corps de policiers composé de spécialistes, dotés d'une culture propre.

Le corps policier s'est affranchi de ses contraintes juridiques, imposant ainsi des décisions unilatérales illégales aux citoyens, remettant au goût du jour des pratiques que l'on espérait d'un temps révolu, celui où les droits de l'homme n'avaient pas droit de cité.

Face à cette institution policière, l'armée présente une configuration différente qui explique en partie son attitude lors de la révolution.

Le développement des forces de sécurité, comme je viens de le montrer, a dégagé les forces armées de leur fonction de maintien de l'ordre. L'armée est un outil sécuritaire parmi d'autres, en « concurrence » avec d'autres agences de coercition qui devraient, dans un pays démocratique, non pas limiter les libertés publiques, mais au contraire les garantir. Sauf que la présence de milices privées, de mercenaires, de la garde présidentielle et des informateurs (*moukhabarat*), a réduit cette possibilité. Le maintien de la sécurité intérieure est devenu l'objet d'une concurrence entre ces différents groupes répressifs, évinçant l'armée de ces tâches.

L'armée n'a jamais gouverné en Tunisie. Si elle est une force politique influente qu'il vaut mieux ne pas se mettre à dos, son rôle se limite à la protection des installations sensibles du pays et de son intégrité territoriale. C'est une armée républicaine. Le pouvoir politique ne s'est jamais entièrement reposé sur l'armée pour imposer ses volontés – à l'inverse de l'Algérie, par exemple, ou de la Turquie où elle continue à jouer un rôle important.

La relation armée-pouvoir se comprend de la même manière que les liens armée-police. L'armée tunisienne ne possède ni les moyens techniques ni les effectifs de ses voisins. Le Maroc, qui compte une population de 30 millions d'habitants, a une armée d'environ 200 000 hommes. L'Algérie, pour une population équivalente, dispose de 184 000 hommes. La Libye, pour 6,5 millions d'habitants, dispose du double de soldats qu'en Tunisie (76 000).

Si on cherche à comprendre pourquoi l'armée tunisienne, pour des raisons structurelles, a refusé de servir jusqu'au bout le régime de Ben Ali, il nous faut comprendre l'implication économique de l'armée dans la société. Qu'est-ce qu'elle avait à perdre en cas de changement de régime ? Une comparaison avec l'Égypte aide à saisir le sens de cette analyse. L'armée égyptienne dispose d'un poids conséquent dans l'économie nationale – on l'estime à 25 % du PIB. Ses possessions cumulées (des entreprises, des clubs, des hôtels, un patrimoine foncier considérable) représenteraient 10 à 20 % de l'emploi du pays. À la différence de la Tunisie, dont l'armée n'a pas pris part à l'économie nationale et qui jouit de la réputation non usurpée de ne pas s'être impliquée dans le partage népotique et néo-patrimonial des richesses, d'être restée en dehors de toute dérive « mafieuse » du pouvoir en place. Cette honnêteté et cette droiture sont à mettre au crédit des transformations profondes des représentations de l'idéal des cadres dirigeants. Les cadres ont été renouvelés et remplacés par des professionnels plus intéressés par les questions purement stratégiques, alors qu'ils tiraient auparavant leur expérience et leur légitimité de la lutte pour l'indépendance.

L'armée, durant la période de transition, a contribué à assurer la sécurité du pays, à défendre les frontières contre de fréquentes incursions lors de la révolution libyenne. Elle a participé à la distribution de l'aide humanitaire aux centaines de milliers de réfugiés libyens. Rendons hommage à ces officiers et ces soldats, cloîtrés des mois durant aux confins du désert, qui ont défendu leur pays avec bravoure. Au ministère des Finances, nous avons accédé sans hésitations aux requêtes légitimes du ministre de la Défense, M. Abdelkrim Zbidi, visant à améliorer les conditions matérielles de l'armée.

Les spécialistes des sciences politiques observent une tendance lourde qui s'est accentuée avec les années, celle de la « civilisation » de l'armée tunisienne. Ce terme doit être compris comme une « introduction progressive de logiques civiles au sein du champ des forces armées, mais aussi l'atténuation de la frontière entre secteur civil et secteur militaire au sein d'une société donnée[6] ».

L'armée tunisienne n'a jamais été soumise à l'intervention directe du parti. Aucune instance du parti n'a vu siéger en son sein des officiers en activité.

---

6. Michaël Béchir Ayari, Vincent Geisser, *Renaissances arabes,* Paris, L'atelier, 2011.

Ce processus de transformation de la culture de l'armée ne peut être compris que si l'on accepte l'idée que la « civilisation » de ce corps s'est effectuée en parallèle avec un durcissement des autres instances de sécurité. L'armée a développé une approche de la sécurité intérieure bien différente de celle de la police. Cette dernière s'est en effet étendue, s'immisçant dans chaque parcelle de la vie des citoyens tunisiens, faisant régner une peur larvée. De fait, cette présence policière constante a transformé le sens même du mot « citoyen ». Celui qui doit prendre part aux affaires de la cité – il est le premier concerné – est donc passé de la sphère publique à la sphère privée. Alors que l'exercice politique de la citoyenneté repose théoriquement sur la prise de parole publique, sans contrainte, sur la possibilité de circuler librement et sans représailles en affichant ses opinions politiques, la configuration politique instituée par Ben Ali a changé la donne. Face aux risques réels que représentait l'expression publique de ses opinions (pour peu qu'elles soient divergentes de la doxa officielle), la citoyenneté a effectué un mouvement drastique de repli sur l'espace privé. Alors que le forum était au centre de l'organisation de la ville, il s'est déplacé dans les foyers, limitant l'impact de l'opposition idéologique et anéantissant la possibilité d'une refondation du pouvoir par le débat citoyen.

Une chose n'était pas prévue cependant. Derrière la porte close de chaque foyer, il subsistait une échappatoire, un moyen de s'affranchir des obstacles mis à la libre expression.

Chapitre 3

UNE RÉVOLUTION PAR LA TECHNOLOGIE

La place de la Kasbah était noire de monde ; chaque jour des manifestants, dans une ambiance festive et bon enfant, revendiquaient le droit à une société plus juste. Les *sit-in* Kasbah I et II[1] ont été mes premiers contacts avec la société civile émergente et les révolutionnaires.

À chaque intervention d'un membre du gouvernement sur la place, tous les manifestants sortaient leurs téléphones portables. Chaque mot était enregistré, filmé, aucun ne passait inaperçu ; tout le monde devenait un journaliste en puissance. Les mots sont comme des balles ; une fois partis, rien ne peut les arrêter. Son discours achevé, l'orateur pouvait être certain qu'il serait publié sur la Toile dans les minutes suivantes, puis disséqué, applaudi ou contredit. Grâce aux outils virtuels, le débat démocratique s'instaurait.

---

1. Du nom de la place où ils avaient lieu, qui est aussi la place publique à Tunis où se trouvent le Premier ministère, le ministère des Finances, le ministère de la Défense et celui des Affaires culturelles (N.d.E.).

L'histoire du contrôle des populations montre que leur encadrement est concomitant au progrès technologique, et que ce dernier s'exprime dans un rapport de domination gouvernants/gouvernés[2]. L'évolution technologique est plus l'instrument du contrôle que de l'émancipation des peuples. Or, si la révolution tunisienne est significative d'une chose, c'est du renversement historique qui a été opéré. Les technologies de pointe ne servent plus à contrôler et encadrer le citoyen, mais ses dirigeants.

Les années 90 ont été une décennie de profonds bouleversements, dans le monde entier, avec la déferlante massive de nouvelles techniques de transmission et d'accession à l'information. Les nouvelles technologies de l'information et de la communication (NTIC) ont ceci de particulier qu'elles sont configurées en réseau : elles gagnent en efficacité et en utilité dès que le nombre d'usagers augmente. Quel avantage y aurait-il à être le seul à pouvoir user d'une technologie permettant d'entrer en communication avec les autres ? La puissance d'Internet ne repose-t-elle pas sur sa base de données quasi infinie produite par les utilisateurs eux-mêmes ? Dans un pays comme la Tunisie où vivent 10 millions de personnes, seulement 100 000, en l'an 2000, possédaient un accès à

---

2. Armand Mattelard, *La Globalisation de la surveillance*, Paris, La Découverte, 2008.

Internet. Onze ans plus tard, on compte 3,8 millions d'utilisateurs, pour un taux de pénétration de 36,3 % de la population ! À titre de comparaison, ce taux n'est que de 2,8 % pour le continent africain[3], ce qui fait de la Tunisie le pays le plus connecté du continent et du monde arabe.

Les nouvelles technologies ne sont pas, en elles-mêmes, synonymes de progrès. Le point sur lequel il faut s'attarder, quand on cherche à les analyser, ce sont les possibilités qu'elles offrent, et la façon dont celles-ci ont été saisies et redéfinies par les usagers. Rien ne prédestinait précisément Facebook à être l'outil privilégié des révolutionnaires. Mark Zuckerberg, son créateur, n'avait pas prévu cet usage quand il a commencé à travailler sur cet outil de communication entre étudiants de l'université de Harvard. Il n'avait d'ailleurs aucune idée de l'ampleur que sa création allait prendre.

Face à la censure et la répression.

La volonté de contrôle d'Internet par Ben Ali n'est pas surprenante. Le propre du contrôle des populations est sa capacité à s'adapter rapidement aux nouvelles techniques de transmission

3. http://www.internetworldstats.com, consulté le 28/05/2012.

de l'information pour les vider de toute substance subversive. Cette attitude repose sur le présupposé qu'une population informée de la réalité de la société dans laquelle elle vit et de son fonctionnement politique, s'y opposera si celui-ci n'est pas conforme aux attentes démocratiques. Ben Ali n'a pas attendu que les blogs et les réseaux sociaux provoquent sa destitution pour tenter de restreindre leur impact sur la société tunisienne. Et s'il pouvait se le permettre, c'est parce qu'il disposait d'un savoir-faire maintes fois éprouvé en matière de contrôle des organes de presse (papier, télévisuels ou radiophoniques).

Ben Ali pouvait compter, entre autres, sur Abdelwahab Abdallah qui possédait une grande expérience en ce domaine. Cet homme avisé avait dirigé le quotidien *La Presse* jusqu'en 1986, où il a pris la tête de la Tunis Afrique Presse (TAP). Cette agence de presse n'est inconnue d'aucun journaliste en Tunisie[4]. Sans grande ironie, on pourrait

---

4. En effet, il s'agit de la seule agence de presse du pays, qui s'est avérée être l'organe d'information officiel du régime. Créée en 1961, elle emploie environ 300 personnes, dont 220 journalistes, et dispose d'un réseau de correspondants dans l'ensemble du pays. Pour les informations internationales, elle relaie les dépêches de l'AFP, Reuters, et Associated Press, les plus grosses agences de presse internationales (N.d.E.).

dire que son rôle se réduisait à faire transiter les communiqués officiels du palais de Carthage à la presse. Peut-être, aussi, à trier drastiquement les informations qui « méritaient » d'être données au public.

Le musellement de l'expression journalistique – que chacun a pu constater en faisant sa propre revue de presse en Tunisie sous Ben Ali –, n'était bien évidemment pas le fait d'un seul homme. L'absence d'informations un tant soit peu critiques sur la véritable situation de la Tunisie tenait aussi aux conditions de la production de l'information.

Même dans les pays les plus démocratiques, où l'on ne peut dire que la presse est tenue en respect par les politiques, ou qu'elle sert les intérêts d'une poignée – en un mot, où la presse est *libre* –, il apparaît que les journalistes n'abordent pas certains thèmes. Est-ce à dire que quelques personnes « tirent les ficelles » en empêchant ces sujets d'être publiés ? La réalité est plus complexe.

La production de l'information, à l'heure des nouvelles technologies, a ceci de terrible qu'elle doit répondre à des exigences qui la dénaturent. Je pense notamment à la rapidité de la publication qui empêche un recul critique, et à sa circularité faisant que les différents organes de presse s'observent, se jaugent et se lisent pour ne pas rater un sujet qu'un autre aurait pu traiter. Ainsi, la presse a tendance à tourner en « vase clos », traitant les sujets déjà abordés par les autres médias[5].

Les journalistes se voient attribuer des sujets par leur directeur de rédaction, souvent avec l'injonction de le traiter sous un angle précis. À cette consigne, ils ne peuvent guère déroger, ce qui les pousse à tout faire pour obtenir les informations dont ils ont besoin pour nourrir leur article. Si par malheur ils ne respectent pas entièrement cette position, ils prennent le risque de voir leur article refusé ou réécrit. De fait, le journaliste a tendance, de lui-même, à s'autocensurer. Conservant malgré tout sa liberté d'expression, il n'écrira ou ne filmera pas forcément de la manière que son métier lui dicterait.

Dans le cas de pays non démocratiques comme l'était la Tunisie de Ben Ali, le problème se pose différemment. La censure directe, effectuée par un personnage comme Abdelwahab Abdallah, dévoile le danger qu'il y a à s'écarter de la ligne officielle. L'autocensure des journalistes devient, dans cette logique, un geste de survie.

En 1999, sous couvert d'anonymat, une journaliste publiait, par le biais du Committee to Protect Journalists (CPJ), un texte intitulé *Ras le bol*, dans lequel elle expliquait son expérience profession-

---

5. Sur les conditions de la production de l'information, voir notamment Julien Duval, *Critique de la raison journalistique*, Paris, Éd. du Seuil, 2004.

nelle : la réalité quotidienne de la censure, la frustration de ne pouvoir rapporter l'information telle qu'elle aurait dû l'être, les réécritures quotidiennes des articles – quitte à donner de fausses informations aux lecteurs. Elle achevait son texte par ces mots terribles : « Voilà ce que c'est d'être journaliste en Tunisie. C'est porter le titre sans exercer la profession[6]. »

Pour ceux qui ont cherché à « porter le titre en exerçant la profession », le risque était grand. Le cas du journaliste Toufik Ben Brick est le premier qui me vient à l'esprit. Correspondant du journal français *La Croix*, il est, dès 1999, victime d'agressions physiques visant à le faire taire et à lui faire comprendre que ses articles ne doivent pas être aussi critiques envers le régime. Le journaliste ne mâchait pas ses mots et ne cachait pas les informations dont il disposait. Il avait par exemple pris position en interviewant Moncef Marzouki[7]. Il fait une grève de la faim en 2000 pour protester contre les pressions constantes dont il est l'objet. Mais c'est en 2010 que l'affaire prend une tournure encore plus dramatique.

6. Nicolas Beau, Jean-Pierre Tuquoi, *Notre ami Ben Ali*, Paris, La Découverte, 2011.

7. Moncef Marzouki est un opposant historique du régime de Ben Ali, qui a longtemps vécu en exil à Paris (sa vie étant menacée). Revenu en Tunisie au moment de la révolution, il devient en décembre 2011 le nouveau président de la République tunisienne (N.d.E.).

Toufik Ben Brick est traîné en justice et condamné à six mois de prison ferme (il purgera sa peine jusqu'au bout). Officiellement, il est jugé pour agression, mais de nombreuses associations et ONG, dont Reporters sans frontières (RSF), estiment qu'il s'agit d'un procès politique car les faits ne corroborent pas la version officielle. Le 22 octobre 2009, tandis qu'il va chercher sa fille à l'école, sa voiture est emboutie par une autre, dont la conductrice commence à le provoquer. Selon lui, habitué aux provocations du régime, c'était un membre de la police.

Le cas de Toufik Ben Brick n'est pas isolé. Le même mois, Slim Boukhdir, journaliste et membre fondateur de l'association de défense des libertés, Liberté et équité, a été passé à tabac par des inconnus après avoir été enlevé à son domicile. Le même jour, la porte du domicile du correspondant du journal panarabe londonien *Al Quds Al-Arabi*, Mouldi Zouabi, a été forcée à trois reprises.

Le régime exerçait de fortes pressions sur les représentants de la presse, nationale et internationale, et ne reculait devant aucun obstacle – encore moins devant le droit à la liberté d'expression.

Il va sans dire que la situation n'était pas meilleure dans les médias audiovisuels. Le temps d'antenne accordé à l'opposition, représentant environ 5 % des journaux télévisés du soir, était largement inférieur aux 40 % de temps dévolus aux comptes rendus des activités du président.

Face à la censure et au développement du culte de la personnalité présidentielle, les Tunisiens se sont tournés massivement, au milieu des années 90, vers d'autres canaux d'informations, notamment la télé câblée. La chaîne qatarie Al Jazeera, avec son équipe de journalistes formés par la BBC, apportait un courant d'air frais dans les médias. Cette déferlante de paraboles, « enlaidissant » le paysage, aurait justifié, selon le gouvernement, leur suppression dès 1994. Malgré ce prétexte, que chacun a interprété comme une tentative directe du pouvoir d'empêcher l'accès à une information critique, les paraboles sont restées en place. La tâche aurait été à la fois colossale et complètement vaine. L'inapplicabilité de cette décision révèle le degré d'absurdité auquel la volonté de contrôle peut mener.

La pratique du contrôle héritée de toutes ces années de développement du renseignement, de la police, de la répression des partis politiques d'opposition, montre que le régime en place n'avait d'autres choix, dans sa logique, que de chercher à contrôler Internet. Qu'avait-il à craindre ? Sa configuration en réseau qui empêche tout centralisme ? Le fait que chacun puisse s'en emparer et s'en servir ? L'ouverture sur le monde ? La possibilité pour l'opposition de devenir visible et de s'organiser ?

L'épisode « Wikileaks » est significatif à cet égard. Les documents publiés par Wikileaks ont mis sous les feux des projecteurs ce que tout le monde savait, sans que personne ne l'ait dit ouvertement. « La corruption est un problème énorme et flagrant, mais nul n'est prêt à en reconnaître publiquement l'existence » pouvait-on lire dans un des câbles.

La perception du régime par les diplomates étasuniens transparaissait dans les extraits des câbles de l'ambassade des États-Unis à Tunis, publiés par le site de Julien Assange en décembre 2010. L'effarement devant la manière dont le pays était administré était au centre de ces dépêches. Ils avaient parfaitement conscience de l'ampleur du racket, de la corruption et de l'enrichissement frauduleux de la famille de Ben Ali et du clan Trabelsi. L'ONG Global Financial Integrity chiffre à 1 milliard de dollars environ par an le rapport de la corruption à grande échelle.

Pour ma part, lorsque je suis arrivé au ministère et que j'ai pris conscience de l'étendue de la mainmise sur les richesses du pays, je dois avouer que j'ai été tristement surpris. J'ai été plus qu'attristé de voir que les terres domaniales – les meilleures du pays – avaient été vendues pour un dinar symbolique, puis revendues au prix fort – parce que l'acheteur était un proche du président ou que des consignes avaient été données !

Cette attitude était pourtant fréquente en Tunisie, où les hommes d'affaires proches du pouvoir avaient beaucoup plus de chances d'obtenir les contrats publics que les autres, pour ne pas dire qu'ils avaient *toutes* les chances. Les câbles publiés par Wikileaks laissaient penser qu'ils représentaient la moitié des hommes d'affaires du pays. Les relations personnelles comptaient davantage que la validité des projets. Dans de nombreux cas d'attribution de marchés publics, l'entreprise choisie par la commission était changée sur l'ordre du président.

On comprend aisément pourquoi le site de Wikileaks a été rendu inaccessible en Tunisie dès la publication de ces informations. La liste des sites interdits d'accès ne faisait que s'allonger, après les sites des ONG luttant pour les droits de l'homme et la liberté de l'information (Amnesty International, Reporters sans frontières, la Fédération internationale des ligues des droits de l'homme, etc.).

En plus de ces sites officiels bloqués, la répression s'abattait aussi sur les blogs, qui ont commencé à fleurir en 2001. C'était le seul espace où survivait la satire politique. Les blogs avaient en commun une certaine « ambition littéraire ». Ils se faisaient les relais de témoignages de la vie quotidienne, des souffrances de tout un chacun. De ce fait, le malaise de la société tunisienne devenait palpable pour qui savait lire, au grand dam du pouvoir. Cela n'était pas sans risque, censure et répression s'abattaient de manière violente.

Souvenons-nous du célèbre blog de Zouhair Yahyaoui, TUNeZINE. Lui et quatre collaborateurs mettaient régulièrement en ligne des billets d'humeur et autres informations ne ménageant personne. C'est d'ailleurs quand Ben Ali a organisé un référendum pour savoir si, oui ou non, les Tunisiens acceptaient qu'il brigue un mandat supplémentaire – son quatrième –, qu'il a mis en ligne un contre-référendum non dénué d'humour. Il posait cette question provocante : « La Tunisie est-elle une république, un royaume, un zoo ou une prison ? »

La police n'a guère goûté son humour. Suite à cette publication, il a été arrêté, emprisonné et torturé pendant dix-huit mois. Durant sa détention, il a mené trois grèves de la faim pour protester contre sa condition. En vain : aucune réduction de peine ne lui a été accordée. Quand il est sorti, en 2005, il était devenu quelqu'un d'autre, selon les témoignages de ses proches. Considérablement affaibli, il est décédé en 2005 des suites d'une crise cardiaque, à l'âge de quarante-cinq ans.

S'il est si important de prendre le temps d'en parler, c'est que ces bloggeurs et bloggeuses ont continuellement donné l'espoir d'un changement, et qu'ils ont offert, avec la montée en flèche des réseaux sociaux, de nouvelles perspectives d'organisation et d'action contre une censure et une répression constantes. Les blogs ont été supplantés pendant la révolution par les réseaux sociaux grâce à leur réactivité et leur interactivité accrues.

De nouvelles formes de mobilisation et d'actions.

Les médias classiques et officiels ont failli, durant la révolution, à leur mission de fournir une information de qualité. Internet, avec ses réseaux sociaux (Facebook et Twitter), a pris le dessus.

La Tunisie est le pays le plus avancé d'Afrique sur le plan de l'accession aux NTIC, et particulièrement d'Internet. Plus encore, avec ses 3 millions de participants, la Tunisie est le premier pays africain sur Facebook – 77 % des internautes y ont un compte. La communication massive par ce réseau a ouvert de nouvelles portes d'activisme politique. Les possibilités étant limitées dans la rue (à cause de la répression) et les voies du parlementarisme bloquées depuis longtemps, ce que les politologues appellent les « structures d'opportunité politiques » ne laissaient entrevoir que peu de possibilités d'action. Facebook et Twitter sont apparus comme une ouverture par laquelle s'engouffrer. Leurs effets se sont répercutés jusqu'au Maroc, qui a enregistré la plus forte hausse d'adhésions à Facebook en un temps record : 150 000 en moins de deux semaines.

Lorsque la révolution a débuté et que je me suis rendu compte que les annonces de manifestations et les débats se faisaient par ce moyen, j'ai été émerveillé. Les Tunisiens récupéraient leurs droits et s'organisaient. Car, à mon sens, la magie de Facebook dans la révolution, ce n'est pas tant que ce réseau social ait été utilisé massivement, mais qu'il ait été l'outil principal de la destitution de Ben Ali.

La révolution a fait naître un cyber-activisme politique. Des élans de solidarité internationale se sont manifestés spontanément et immédiatement, montrant par là la dimension universelle des revendications. Au printemps 2010 déjà, le réseau Anonymous aidait les Tunisiens à se connecter à Internet (l'accès étant parfois difficile et surtout contrôlé) par le biais de serveurs d'accès distants (*proxys*). Ce même réseau a activement participé à des actions de cyber-activisme durant la révolution. Ils ont mis en place une « version 2.0 » du traditionnel *sit-in* en saturant les serveurs des sites gouvernementaux. De manière tout à fait pacifique et légale, ils ont donc rendu inaccessibles et inutilisables ces sites officiels pendant plusieurs heures, par la force du nombre d'internautes connectés simultanément. Ce réseau informel, composé d'une multitude de collectifs se faisant et se défaisant au gré des attaques lancées, peut être représenté comme un « essaim ». Les outils et les règles simples qui le guident ont de fait institué un fonctionnement horizontal, sans chef ni représentation, le plus important étant la participation directe. Sa forme d'organisation s'oppose radicalement aux systèmes politiques qu'ils attaquent, où la légitimité de la hiérarchie et de la représentation est mise à mal par la corruption et le détournement des institutions.

Au-delà de cette nouvelle forme d'action politique, Facebook a eu un réel impact sur les actions physiques entreprises par les révolutionnaires, puisqu'il a été le moyen d'organisation par excellence. Il n'y avait rien de mieux pour diffuser l'annonce d'une manifestation, d'un rassemblement, ou pour informer sur les événements en cours.

La spécificité des réseaux sociaux (le libre accès à tous) a favorisé cette horizontalité dans l'organisation. Qu'un internaute lance une proposition, et les autres suivent. Dans cet ordre d'idées, les pratiques mises en place durant la révolution se sont perpétuées après, comme le montre la manifestation du 18 avril 2012, où des centaines – voire des milliers – de personnes se sont retrouvées sur l'avenue Bourguiba[8] à Tunis pour y lire. (Contre l'obscurantisme : la lecture ?) Ce mode d'action pacifique, symbolique, prouve à quel point les formes de militantisme ont

8. L'avenue Habib Bourguiba est une des artères principales de la capitale, hautement symbolique pendant la révolution. Elle est le point de rendez-vous et de manifestations, avec la place de la Kasbah précédemment évoquée (N.d.E.).

été réinventées. Le sens de cette manifestation revêt une résonance particulière, car elle représente ce qui cristallise peut-être le plus la Tunisie dont je rêve : des perspectives de découverte, d'ouverture, d'expérimentation et d'enrichissement culturel.

En plus de ces nouvelles formes d'actions permises par les réseaux sociaux, l'utilisation d'Internet a eu un autre impact, celui d'amplificateur d'émotions. Internet propage une opinion, comme un écho qui ricoche et se répand. L'image et le son des vidéos amateurs tournées dans les manifestations, dans les moments les plus terribles, recèlent une charge émotive importante. Et ne fait-on pas de la politique à cause de nos émotions ?

Vers une Tunisie « totalement connectée » ?

La révolution a révélé le besoin vital des Tunisiens de participer à la vie démocratique de leur pays. Vu la nature de la révolution, il était nécessaire d'allier ces deux impératifs (démocratie et NTIC) dans la construction de notre modèle politique. Car la technologie de pointe contribue de façon primordiale à la bonne marche d'un système fondé sur le respect des libertés individuelles.

Même si la Tunisie est l'un des pays les plus « connectés » (*wired*) d'Afrique, il reste encore du chemin à parcourir pour qu'elle le soit totalement (*totally wired*). L'accès aux NTIC est encore inégal, notamment dans sa répartition territoriale. Les espaces les moins urbanisés, en périphérie des centres économiques les plus importants, ont un taux d'équipement et une facilité d'accès moindres.

Une solution à l'aporie démocratique d'un régime n'utilisant pas suffisamment les NTIC pourrait être ce que nous avons commencé à mettre en place en Tunisie, et que, personnellement, j'aimerais voir prendre forme : l'*open government*.

Cette idée a été portée par le président Barack Obama à son accession à la Maison Blanche. Cette initiative[9] vise à créer un nouveau mode de participation citoyenne dans les prises de décisions du pays. Ses deux composantes essentielles sont l'ouverture et la transparence, par le biais des technologies modernes. L'idée principale repose sur la philosophie de l'*open source* et de l'*open data*, prônant un accès libre, pour les citoyens, aux informations relatives aux instances politiques.

Cette initiative replace le citoyen au centre des décisions, puisqu'il est invité – voire même fortement incité – à collaborer pour que, de manière participative, soient établies les politiques à venir.

9. Ce programme s'intitule dans sa totalité *Open government initiative*.

Deuxième partie

LES ENJEUX D'UN RÉGIME TRANSITOIRE

Nous ne sommes pas encore libres, nous avons seulement atteint la liberté d'être libres. [...] Être libre, ce n'est pas seulement se débarrasser de ses chaînes, c'est vivre d'une façon qui respecte et renforce la liberté des autres.

Nelson Mandela

Chapitre 4
GENÈSE D'UN AUTORITARISME

Comment une dictature a-t-elle pu s'installer en Tunisie et rester aussi longtemps en place ? Faut-il y voir l'expression d'un « autoritarisme arabe », comme de nombreux analystes et historiens l'ont avancé ? Ou bien au contraire l'affirmation d'une culture particulière, propre à la Tunisie, qui s'explique par sa progression historique et ses ressorts économiques et politiques nationaux ?

Je suis bien évidemment partisan de la seconde explication, que je vais m'efforcer de démontrer. La thèse d'un autoritarisme prétendument spécifique à la culture politique arabe, même si elle a été largement battue en brèche par le printemps arabe, a la peau dure. Ce point écarté, j'expliquerai comment l'autoritarisme a, en Tunisie, pris le pas sur toute autre forme de gestion des affaires, par le biais de la construction même de l'État et par son implication dans l'économie. Ceci nous amènera à voir plus spécifiquement comment la dictature s'est implantée et comment nous avons pu nous en accommoder – ou pas.

Cette partie, volontairement plus historique, vise à inciter le lecteur à tirer lui-même les conclusions qui se sont logiquement imposées à moi au terme de ces réflexions.

Un autoritarisme spécifiquement arabe[1] *?*

L'autoritarisme arabe est une notion floue qui est utile à tous les politiciens, analystes ou journalistes qui cherchent à réduire le monde arabe à un modèle unique et éternel. D'après eux, le monde arabe suivrait une trajectoire culturelle et politique immuable qui empêcherait tout changement.

La notion même de monde arabe est ambiguë et doit être utilisée avec circonspection, tant elle recouvre de réalités différentes. Si on l'appréhende en termes culturels et linguistiques, il nous faut revenir sur le temps long et le comprendre en tant que processus d'arabisation et d'islamisation des provinces byzantines, au lendemain de la naissance de l'islam. Mais les espaces du *Kaoun* arabe (là où on parle arabe) et celui de l'*Oumma* (la communauté

1. Sur la question de l'autoritarisme en Tunisie, lire Michel Camau, Vincent Geisser, *Le Syndrome autoritaire*, Paris, Presses de Sciences Po, 2003, dont sont extraites nombre d'informations qui suivent.

de croyants) ne se recoupent pas forcément. Simple détail, mais significatif de la difficulté qu'il y a à définir précisément le monde arabe.

C'est surtout la dimension politique du monde arabe qu'il nous faut examiner avec le plus de prudence, et analyser de la manière la plus critique. Trois critères définiraient son caractère autoritaire : la prédominance du chef, l'absence de Parlement et le poids de l'armée. Cet autoritarisme reposerait sur trois présupposés : l'existence d'un espace arabe de la politique, l'adéquation avec les traditions politiques de l'islam et la personnalisation de la relation politique.

La présupposition d'un espace arabe de la politique implique nécessairement des revendications à une échelle autre que celle de la nation, et des points communs entre les populations. Bien que la Ligue arabe, en 1945, ait concrétisé une certaine idée de l'arabité et d'un espace politique commun interétatique, cette notion reste au croisement de logiques de différentes natures. D'une part, des logiques étatiques et, d'autre part, des phénomènes de culturation qui traversent ces États.

L'idée de « solidarité arabe » est souvent avancée de façon rhétorique par les dirigeants des États pour souder leur population autour d'un événement hors des frontières. Créer ou utiliser un ennemi extérieur pour unir la population a été et est encore une pratique courante. Ce n'est pas qu'une manœuvre politicienne, car elle s'appuie sur un sentiment qui anime les populations. Un événement qui se produit dans un pays arabe touche au cœur les autres pays. Le cas de la Tunisie est emblématique : quand le pays s'est soulevé, c'est le monde arabe entier qui en a senti les répercussions.

Cependant, on ne peut pas dire qu'il existe de manière certaine un espace arabe de la politique (sous-entendu autoritaire), car cela implique une uniformité dans les expressions des régimes politiques. Se livrer à cet exercice reviendrait à dresser un idéal-type de l'État arabe (autoritaire) fondé sur quelques traits prétendument communs à tous, mais qui relèvent plus du truisme et de la « simplification outrancière » (selon les termes de Moncef Marzouki) que d'une analyse fine et digne d'intérêt.

Le deuxième présupposé est celui d'une corrélation entre les traditions religieuses de l'islam et les politiques des régimes arabes autoritaires. On ne peut nier que l'islam influe grandement sur le régime politique dans certains espaces, mais si on se concentre plus particulièrement sur la Tunisie, on peut, sinon revoir ce postulat, du moins le nuancer.

Habib Bourguiba a entretenu une relation avec la religion qui invalide cette idée d'une corrélation entre islam d'État et autoritarisme. L'État tunisien a fonctionné indépendamment de la religion, dans une tradition de séparation des pouvoirs politique et spirituel. Ce qui ne veut pas dire non plus qu'il y a étanchéité entre les deux. La relation entre Bourguiba et la religion était plus ambiguë. Son modernisme n'a pas forcément eu l'ambition de la dépasser. S'il a joué de la symbolique religieuse en aménageant les horaires administratifs pour le ramadan, en mettant en place des aides pour l'achat du mouton de l'Aïd, et en débloquant des budgets pour favoriser la construction de mosquées, il avait un objectif politique clair. Il cherchait à s'assurer la légitimité du champ et de l'appareil religieux afin de pouvoir le contrôler. Il a joué sur certains symboles pour, à mon sens, s'attirer le potentiel de solidarité que cela lui conférait. Car, par ailleurs, Bourguiba a toujours instauré des politiques modernistes et des réformes visant à la sécularisation de la société, c'est-à-dire à la disparition progressive du sentiment religieux. Par exemple, l'assouplissement du jeûne du ramadan (jusqu'à choquer beaucoup de monde en buvant un verre d'eau à la télévision en plein mois de ramadan) et de l'obligation du pèlerinage à La Mecque, ou bien le contrôle direct exercé sur les imams et mosquées.

La fausse idée qui affirmerait un autoritarisme du monde arabe dû aux traditions mystico-religieuses reste vivace, alors même que s'il y a une culture politique arabe, elle s'exprime tout autant par la soumission que par la rébellion. L'histoire arabe est celle d'une instabilité politique constante à force de révoltes.

L'idée de personnalisation de la relation politique viendrait d'une domination charismatique[2] prenant racine dans les hiérarchies mêmes de la société, où le mode d'allégeance est d'ordre interpersonnel. Ce qui est privilégié, ce n'est pas la force et la légitimité du droit (domination légale-rationnelle), mais l'acceptation du pouvoir du chef à qui on reconnaît personnellement des qualités exemplaires voire héroïques – pour le moins peu communes – qui lui permettent de gouverner.

Les sociétés arabes seraient caractérisées par une hiérarchie reposant sur l'acceptation traditionnelle d'une multitude de leaders par différents groupes sociaux. Ce modèle pourrait être conceptualisé comme une organisation *patriarcale* où la figure du père (le patriarche) symbolise le rôle central joué dans la famille. Mais cette organisation peut aussi quitter la sphère familiale pour s'étendre aux différents espaces sociaux : au village avec le chef, à la tribu et son guide, au travail avec le chef d'entreprise, etc. À l'échelle de l'État, ce concept d'organisation, qui est

2. Le sociologue allemand Max Weber, dans son ouvrage *Économie et Société*, différencie trois idéaux-types de domination : la charismatique (vertu héroïque ou exemplaire), la traditionnelle (la coutume) et la légale-rationnelle (du fait du droit).

une forme patriarcale de domination traditionnelle, prend le nom de *patrimonialisme*, auquel on a dû ajouter le préfixe de « néo » pour signifier son évolution temporelle et son adaptation aux institutions politiques modernes. Le *néo-patrimonialisme* correspond à une organisation de l'État où l'autorité est personnalisée, où le public et le privé sont confondus. Les relations interpersonnelles des élites gouvernementales prévalent sur les logiques institutionnelles – ce qui est problématique dans un État *de droit*. En parallèle s'effectue une étatisation de la société où le centre politique tente d'élargir son contrôle sur les biens et sur les individus.

Ce concept de *néo-patrimonialisme* est souvent employé pour définir le système politique arabe, concept que nous discutons. Mais si nous venons de voir que les deux premiers critères qui justifieraient une nature autoritaire à ce système politique arabe n'étaient pas forcément fondés, nous pouvons ici accepter, dans une certaine mesure, les arguments.

En effet, ce que nous venons de décrire théoriquement peut être mis en parallèle avec une représentation du paternalisme en politique au travers de la figure du « dictateur éclairé », Bourguiba par exemple. Le Combattant suprême (*El Moujahid El Akbar*) adoptait de lui-même la figure du père de la nation, et n'hésitait pas à comparer la Tunisie à une grande famille, tout comme pouvait le faire le

Zaïm (Nasser) en Égypte, Hafed Al Assad en Syrie, et Hassan II au Maroc.

Cependant, même si une des dimensions de cette personnalisation de la vie politique peut être vraie, il n'en reste pas moins que les hypothèses nécessaires à la construction de ce raisonnement sont aujourd'hui sévèrement battues en brèche. L'idée que l'autorité traditionnelle patriarcale est le ferment de la société arabe est un postulat erroné, démenti par les évolutions démographiques elles-mêmes. J'énonçais précédemment les transformations de la population tunisienne en matière de nombre d'enfants par femme et de leur accession à l'instruction et au travail. Toutes ces refondations de la société tunisienne ne sont pas sans conséquences sur la forme de l'autorité. Ainsi, la domination traditionnelle patriarcale, et avec elle toute l'organisation de la famille, avec la préséance de l'aîné en tant que futur « patriarche », est mise à mal par la montée de la considération de la question des femmes.

Cette théorie de la personnalisation politique comme trait marquant du système politique arabe ne tient plus debout. Comment, après la révolution, pourrait-on continuer à l'affirmer ? Comme l'écrit si bien Moncef Marzouki : « Quand le chef tombe, personne ne se lève pour le protéger[3]. »

---

3. Moncef Marzouki, *Dictateurs en sursis*, Paris, L'Atelier, 2011.

Et s'il existe un système politique arabe, il est tout autant traversé par des attitudes de soumission envers le pouvoir que de rébellion. De fait, je récuse ici toute caractérisation et préfère chercher les facteurs explicatifs du côté de l'histoire même de la Tunisie, et plus particulièrement encore du côté de la construction de l'État tunisien.

Un autoritarisme tunisien.

La question qui se pose est la suivante : « comment en est-on arrivé là ? » (sous-entendu : à vivre vingt-trois ans sous une dictature). Une fois le présupposé d'un autoritarisme intrinsèque aux pays arabes écarté, il nous reste à chercher des explications du côté des facteurs endogènes. J'ai toujours été persuadé qu'un pays comme la Tunisie, à l'histoire riche en rebondissements, ne pouvait être réduite à des analyses simplistes.

La construction du rôle autoritaire de l'État.

D'un point de vue historique, l'autoritarisme prend sa source dans les processus qui donnent accès au monde moderne. Il s'agit là d'un modèle politique parmi d'autres, comme la démocratie et le communisme.

Les révolutions anglaise, française ou américaine, qui se sont illustrées par la disparition des propriétaires terriens, ont apporté le modèle démocratique ; les révolutions soviétique et chinoise, qui ont fait preuve d'un très grand centralisme d'État, et où les propriétaires fonciers ont conservé un pouvoir très important pour faire valoir l'agriculture de leur choix, ont donné naissance au modèle communiste. Les révolutions allemande et japonaise font figures de « révolution par le haut », à l'instar, dans une certaine mesure, de la Tunisie. L'appareil bureaucratique, puissant et autonome, contenait les revendications à la fois des élites terriennes et de la base populaire. De là naît l'autoritarisme : la promotion des intérêts des franges de la société qui dominaient sur le plan économique, mais qui font preuve d'une dépendance aux appareils de l'État.

D'autres critères viennent aussi complexifier les conditions d'entrée dans la modernité, notamment les relations internationales et la structure de l'État et ses relations avec la société : quel est le degré et la force d'autonomie entre les différentes forces sociales ?

Pour résumer le cas de la Tunisie, on peut dire qu'elle entre dans la modernité entre le XVIIIe et le XXe siècle par l'autoritarisme. Elle vit une « révolution par le haut », avec une faible aristocratie et une dépendance de toutes les classes envers l'État.

Toutes les luttes entre les groupes sociaux du pays ont ceci de commun qu'elles ne les opposaient pas à l'État. La légitimité de celui-ci n'était pas contestée : les combats politiques étaient menés pour obtenir ses faveurs.

Avant la colonisation, l'État dynastique (*Beylical*) s'est construit autour de trois procédés, en raison d'un mouvement d'autonomisation vis-à-vis de la province ottomane, d'une centralisation politique toujours croissante, et d'une intégration dans les relations internationales.

Sur le plan intérieur, les franges disparates d'une société principalement agraire ont été agrégées grâce à la fiscalité. C'est en effet par l'impôt que l'État a pris le pas sur les différents groupes sociaux (propriétaires fonciers, petits exploitants, paysans) et a maintenu sa légitimité.

La colonisation a engendré un régime où la domination politique s'est exprimée par un contrôle de la population et un quadrillage du territoire qui lui en donnait la possibilité. Le sud du pays, notamment, était sous administration militaire.

Mais surtout, fait bien plus important, c'est du point de vue économique que l'État a affirmé son autorité. Contrairement à ce que l'on pourrait croire, ce n'est pas le marché qui a régulé les échanges économiques et marchands. L'État est, dès le début de l'entrée dans la modernité de la Tunisie, devenu l'agent du développement de l'agriculture et des infrastructures. Il a favorisé les exportations agricoles. De ce fait, le territoire est divisé entre un littoral « utile » (exportations et terres riches) et un centre et un sud laissés à la périphérie du développement économique. La notion de régionalisme a pris racine dans ce moment historique.

L'implication étatique dans l'économie tunisienne.

Bourguiba, tout clairvoyant politiquement qu'il fût, n'était pas un économiste – sa plus grande faiblesse ! Stratège, grand homme d'État, diplomate hors pair, il avait besoin de conseils en matière de politique économique.

À l'aube de l'indépendance, la priorité du nouveau président était de se défaire du contrôle français sur l'économie. La Tunisie était une société agraire, avec des agriculteurs très attachés à la terre. Leurs politiques avaient donc favorisé l'agriculture et l'extraction de minerais, mais avaient largement négligé l'industrie. En effet, dans la logique de la France, la Tunisie représentant un débouché pour ses propres produits manufacturés, il était inutile de chercher à y développer l'industrie. Conséquence directe, la Tunisie était à ce moment-là le pays le moins industrialisé du Maghreb. Pour affirmer son contrôle, Bourguiba a mis en route une entreprise de nationalisation des secteurs clés (banques, transports, énergie).

C'est en 1961 que l'expérience du socialisme destourien débute. Porté par un contexte tiers-mondiste[4], l'État impose sa tutelle au secteur économique. L'UGTT occupe une place croissante dans le paysage politique, tant et si bien que les choix économiques du pays vont être menés par son secrétaire général, Ahmed Ben Salah, qui, ayant obtenu la confiance de Bourguiba, prend la tête de la politique économique du pays. Il engage le pays dans une économie collectiviste socialisante selon une logique panarabe nassérienne. Seul le secteur du tourisme échappe à ces politiques de collectivisation importées d'Europe de l'Est.

Cette expérience a été, à mon sens, très néfaste pour le pays. Le déficit des entreprises publiques devenait tellement important qu'il aurait entravé le développement escompté si Bourguiba n'avait

4. En 1955, la conférence de Bandung consacre l'émergence d'un tiers-monde ayant pris conscience de lui-même et de son poids politique et économique. Pour la première fois, 29 pays africains et asiatiques affirment leur alliance pour que leurs voix portent sur la scène internationale, en dehors de celles des deux blocs (USA et URSS). Ils se prononcent alors pour le non-alignement – inféodés ni aux USA, ni à l'URSS. Cette position raffermit le droit des peuples à disposer d'eux-mêmes, d'autant plus que les pays présents soutiennent publiquement les luttes d'indépendance (N.d.E.).

pas bien réagi, et appelé Hédi Nouira à la gestion des questions économiques. Cet homme pragmatique, gouverneur de la Banque centrale tunisienne, devient Premier ministre en 1970. La Tunisie est réorientée vers une économie de marché, même si l'État reste un acteur prépondérant. On assiste à la mise en place d'un État-providence, le plus gros investisseur et le plus gros employeur du pays.

Nouira va créer de nouvelles institutions dont le but est de promouvoir le secteur privé afin de moderniser la politique industrielle. De ce fait, dans les années 70, l'emploi industriel et manufacturier va connaître un essor certain, amorçant un revirement vers une économie mixte.

Les pratiques népotiques n'ont pas été sans conséquences sur l'économie. Alors même que Bourguiba avait permis nombre d'avancées essentielles, Ben Ali les a reniées tout en profitant de ses fruits. Car s'il a pu redresser l'économie, qui était mal en point à son arrivée, c'est grâce aux fondations solides érigées par Bourguiba.

L'État sous la dictature.

La bonne santé économique du pays, l'accession des classes moyennes à la santé, l'éducation, les transports, la propriété, sont dues en grande partie à la politique de Bourguiba et de Hédi Nouira. La présence d'un État fort, si elle a permis ces avancées, a aussi favorisé la prise de pouvoir de Ben Ali.

Le parcours de Ben Ali est celui d'un homme de la sécurité. Il a suivi, avec quatre-vingts autres candidats, un cycle spécial, d'abord à Saint-Cyr, en France, puis aux États-Unis, à l'école militaire supérieure de renseignement et de sécurité de Baltimore. Il a occupé divers postes en Tunisie ou à l'étranger (Maroc, Pologne) avant d'être promu secrétaire d'État, puis ministre délégué en 1985. S'étant illustré dans la répression des émeutes de 1978 et de 1984, il a toujours eu près de lui des amis dévoués à sa cause, notamment Habib Ammar, qui dirige alors la gendarmerie. Il est nommé le 2 octobre 1987 Premier ministre par un Bourguiba qui n'est plus en possession de tous ses moyens. C'est du moins ce que laissait entendre la prise de pouvoir au nom de l'état de santé déclinant du Combattant suprême. D'aucuns qualifient cette accession au pouvoir de « coup d'État médical ».

J'étais heureux d'apprendre, comme tous les Tunisiens, la passation de pouvoir en douceur en 1987. Je me rappelle encore le premier discours de Ben Ali où il disait qu'il n'y avait pas de place pour la présidence à vie – mais l'histoire allait montrer qu'il en nourrissait l'ambition. Au début, Ben Ali s'est mis sérieusement au travail. Or, bien vite, ses réflexes policiers et sécuritaires ont pris le dessus pour devenir la norme.

La question qui se pose malgré tout est celle-ci : pourquoi le peuple tunisien n'a-t-il pas réussi à abattre son dirigeant plus tôt ? S'habitue-t-on à la dictature, s'en accommode-t-on ?

Il est évident que les uns y trouvaient un avantage matériel, tandis que d'autres jugeaient qu'il valait mieux ne pas se révolter vu les risques encourus. D'autres encore s'accommodaient du calme instauré par un régime autoritaire. Mais tous, au moment de la révolution, ont dit : « il était temps ». Enfin, nous allons pouvoir reconstruire une société selon nos voeux, différente et fondée sur un autre socle que l'autoritarisme.

Chapitre 5

GÉRER LES CRISES ET ASSURER LA TRANSITION

Quand j'ai accepté de rejoindre le ministère et que j'ai atterri à Tunis, une ville nouvelle s'est offerte à mes yeux. Alors que le portrait de Ben Ali était auparavant placardé sur chaque lampadaire entre l'aéroport et le centre-ville, je n'en ai plus vu que des débris. Des morceaux épars, ici et là, déchiquetés et piétinés ; la fin d'un règne, dans le vent et la poussière.

Je me disais intérieurement qu'il fallait saisir l'essence de ces moments. Quand les barrières tombent et qu'un champ nouveau s'ouvre à nous, il nous faut mentalement dessiner ce qui pourrait advenir. Puis, faire l'expérience dans le concret, comme un peintre qui, avec sa palette de couleurs, ses pinceaux et sa toile se laisserait aller à ses élans profonds. Ou bien un musicien qui, libre d'exécuter sa musique, s'abandonnerait à l'improvisation. Est-ce à dire qu'il faut, parce que nous sommes dans un moment d'effervescence, laisser chacun faire ce qu'il a envie de faire ?

Cela reviendrait à dire que n'importe qui peut se prétendre musicien et improviser à sa guise. Or, si j'ose dire, on ne peut s'improviser musicien. Pour jouer un morceau, le musicien possède un bagage technique, et si la spontanéité apparente de sa musique la rend impressionnante, ce n'est, au final, qu'un travail de longue haleine qui lui en donne la possibilité. En matière politique, il en va de même. Ce n'est qu'avec une connaissance précise du sujet sur lequel on travaille et des outils à disposition que l'on peut envisager d'apporter un changement.

La révolution tunisienne a montré qu'il était temps que l'imagination et les rêves prennent le pouvoir. Avec un rêve, on peut faire beaucoup, bien plus qu'on ne le croit de prime abord. L'utopie n'est pas un concept à récuser pour son caractère irréalisable ; c'est son idéal inatteignable qui rend l'utopie forte. Celle qui guidait les Tunisiens à la destitution de Ben Ali était grande, mais confuse. Comme une rumeur venant du plus profond du peuple, les envies et les rêves de chacun se télescopaient dans un joyeux mélange de revendications, dont il fallait démêler les fils conducteurs. Ce qui ressortait (emploi, dignité et liberté) ne demandait qu'à être traduit en termes politiques et en réformes concrètes par la nouvelle force politique en place.

Un double défi : gérer les crises et réformer.

Au début de ma prise de fonction, certains ministres et hauts fonctionnaires ont été « dégagés » sous la pression des manifestants. Je ne blâme pas la volonté populaire, ces changements étaient nécessaires : nous avons attendu que la situation se normalise un peu afin de pouvoir travailler en profondeur. Pour autant, nous ne nous sommes pas tourné les pouces, dans l'espoir que la Tunisie se relève toute seule. Malgré cette instabilité gouvernementale – qui s'est résorbée avec la mise en place du troisième gouvernement de transition dirigé par M. Béji Caïd Essebsi –, nous avons instauré un certain nombre de mesures indispensables. Dès le premier jour, il fallait prendre les décisions importantes ; mes collègues étaient surpris que je me mette à l'œuvre dès le départ, mais le moment l'exigeait, nous devions aller vite. Se profilait un double défi : gérer les crises multiples qui secouaient le pays tout en instituant des réformes indispensables aux transformations profondes et nécessaires.

Le gouvernement a répondu à des revendications de toutes natures, venant de toutes parts, les unes, urgentes, à traiter immédiatement, d'autres, moins pressées, à remettre à plus tard. Un choix difficile à effectuer quand on sait à quel point les blessures étaient parfois vives, et les expériences passées dures à accepter. La révolution a ranimé un désir de justice (pénale mais aussi sociale) légitime, qui attendait d'être comblé.

J'ai été stupéfait par le grand nombre de jeunes qui se sont portés volontaires pour apporter leur contribution durant cette phase délicate de notre histoire et mettre leurs compétences au service du gouvernement. « C'était la seule chose à faire », disaient-ils. Dans mon cabinet, deux jeunes femmes, Safia Hachicha et Emna Kallal, ont proposé leurs services et leurs compétences acquises dans le milieu privé de la finance. Au vu de la situation, elles n'avaient qu'une envie : participer à ce moment clé de l'histoire. Un geste patriotique valeureux. Elles se sont d'emblée consacrées à leurs tâches, encouragées, il est vrai, par les cadres extrêmement compétents du ministère à qui je dois rendre un hommage particulier, surtout à Jamel Belhaj, mon directeur de cabinet, sans lequel ma mission au ministère aurait été encore plus ardue.

Bien qu'impressionné par la qualité des cadres du ministère des Finances, j'avais estimé nécessaire d'instaurer un programme de formation de haut niveau pour les cadres en poste comme pour les nouvelles recrues ainsi que pour les collègues des autres ministères qui souhaitaient suivre une formation financière spécifique. C'est pourquoi j'ai lancé le projet de création de l'Académie des Finances qui devait devenir un centre de formation et de recherche de haut niveau couvrant l'ensemble des disciplines afférentes aux différentes activités du ministère.

Dans le secteur privé, les stéréotypes sur les fonctionnaires et leur incapacité à prendre des décisions rapides ont la vie dure. Le cliché du fonctionnaire aigri, peu impliqué dans son travail, ne travaillant que le strict minimum est malheureusement par trop répandu. Au ministère des Finances, s'est produit en quelque sorte un choc des cultures. En mélangeant les différentes cultures du travail, je cherchais à bousculer les habitudes des uns et des autres afin qu'ils se nourrissent mutuellement. *To think out of the box* (« Penser en dehors des carcans ») est une devise personnelle que je n'hésite pas à imposer à mes collaborateurs.

Dans l'instauration des lois, en particulier celles du secteur financier, les législateurs ne cherchaient pas à connaître véritablement les besoins, les contraintes et les souhaits des opérateurs privés. Les intérêts de l'État qui prévalaient ne pouvaient être soumis aux avis des praticiens. Dès le début, j'ai cherché à confronter ces deux milieux afin que chacun découvre, au contact de l'autre, que ses préjugés n'étaient pas fondés. Au bout de quelque temps d'apprivoisement, chacune des parties a fini par se nourrir du travail et du talent de l'autre, les clichés s'effondrant comme autant de châteaux de cartes.

Nous devions à la fois promouvoir des réformes immédiates et gérer un budget, afin d'assurer la marche normale du ministère. Le ministère des Finances occupe une place centrale au sein d'un gouvernement, dans la mesure où tous les ministères ont recours à ses services.

La première des priorités du gouvernement de transition était d'instituer pleinement une démocratie où les citoyens obtiendraient leurs droits fondamentaux et réparation des dommages subis durant la dictature.

Afin d'amorcer, au moins symboliquement, dans un premier temps, la transition démocratique, le gouvernement a ratifié plusieurs conventions internationales d'envergure ignorées par Ben Ali. Il s'agissait notamment du Protocole facultatif pour les droits politiques et les libertés civiques, l'accès de la Tunisie au Statut de Rome pour la Cour pénale internationale, l'approbation de la Convention internationale pour la protection de toutes les personnes contre les disparitions forcées, et la levée de toutes les réserves formulées par l'ancien régime à l'encontre de la Convention sur l'élimination de toutes les formes de discrimination contre les femmes.

Dans le même temps, il fallait aussi subvenir aux besoins des entreprises ayant enregistré des dégâts et répondre aux attentes des citoyens les plus démunis. Il fallait donc mettre en place des mesures économiques d'urgence pour parer au plus pressé. Parmi celles-ci, des programmes de soutien à l'emploi, à l'image du programme Amal, dont ont bénéficié 130 000 personnes, qui accordait une allocation mensuelle de 200 DT aux chômeurs. En plus de cela, nous avons établi une aide pour les entreprises touchées par les mouvements sociaux ou endommagées, afin qu'elles gardent la tête hors de l'eau et puissent continuer leurs activités sans licencier leurs employés. Même si ces programmes ont répondu, temporairement et succinctement, au problème du chômage, il ne s'agissait là que de mesures palliatives, en attendant la mise en place de réformes plus profondes.

Consolider la démocratie.

Une transition politique doit dépasser le passé, non pour l'oublier, mais pour cicatriser les plaies qu'il a ouvertes. La dictature de Ben Ali a été une période de souffrances, d'angoisses perpétuelles, de drames humains. Comment un pays peut-il passer d'un régime autoritaire de ce type à une forme politique qui assure les libertés ? Comment le peuple peut-il de nouveau faire confiance à des élites politiques, alors que les précédentes l'ont floué et trahi, au profit de rétributions personnelles et d'un accaparement total du pouvoir ? Comment construire un nouveau régime alors que la corruption et les pratiques de Ben Ali ont gagné la société tunisienne à un niveau inimaginable ? Comment juger les coupables ?

Sur le plan institutionnel, comment recrée-t-on une nouvelle base politique ? Quels sont les ressorts légitimes pour écrire une nouvelle constitution ? Qui doit s'en charger ?

Toutes ces questions, ainsi qu'une infinité d'autres, assaillaient la société tunisienne et son gouvernement après le 14 janvier. Une première réponse a rapidement émergé : assurer la tenue d'élections libres afin d'élire une Assemblée constituante légitime. Tel était l'objectif principal du gouvernement de transition.

La question constitutionnelle est primordiale dans la mesure où ce texte régule les relations entre les différentes institutions, statue sur la forme du pouvoir politique, établit et garantit les libertés. La constitution est donc un des objectifs premiers d'un gouvernement de transition, puisqu'elle est la colonne vertébrale du projet de consolidation démocratique[1].

1. Juan J. Linz, Alfred Stepan, *Problems of Democratic Transition and Consolidation : Southern Europe, South America, and Post-Communist Europe*, Johns Hopkins University Press, 1996.

Il faut un État suffisamment fort pour appliquer ses décisions, où la séparation des pouvoirs rend possible l'existence de contre-pouvoirs puissants.

Pour mener à bien une tâche aussi ample que la reconstruction de la démocratie et sa consolidation, c'est une refondation complète du cadre institutionnel qu'il nous fallait mener.

Ceci n'était pas évident au départ, puisque du 15 janvier au 27 février, la transition avait débuté selon trois principes. Le premier, qui a été remis en cause en mars, était le maintien de la constitution qui devait simplement être amendée sur plusieurs points. Les révolutionnaires, rassemblés par deux fois sur la place de la Kasbah, ont fini par demander l'annulation de ce principe et la suppression pure et simple de l'ancienne constitution. Le deuxième objectif du gouvernement était l'organisation d'élections dans les six mois après sa prise de fonction. Et le troisième se cristallisait dans la mise en place d'un gouvernement d'union nationale le plus large possible. L'idée n'était pas de laisser un parti prendre l'ascendant sur les autres, mais de permettre à la fois au RCD et aux partis d'opposition d'y participer. Ainsi, le Parti démocratique progessiste (PDP), le Forum démocratique pour le travail et les libertés (FDTL) et Ettajdid l'intégrèrent, de même que l'UGTT.

Ce premier gouvernement a implosé en quelques jours, sous la pression de Kasbah I et du départ des partis d'opposition et de l'UGTT. Suite à cet épisode, des ministres, qui occupaient des postes importants sous Ben Ali, ont été démis de leurs fonctions. Kasbah I a réclamé la mise en place d'un gouvernement de technocrates.

La nouvelle occupation, fin février, baptisée Kasbah II, suivie d'une manifestation de masse dans la ville entraîne la démission de M. Ghannouchi le 27 février, donnant naissance au nouveau (et dernier) gouvernement de transition, avec M. Béji Caïd Essebsi au poste de Premier ministre. C'est grâce au travail acharné de ce gouvernement que nous avons pu dessiner les contours de la nouvelle forme institutionnelle de la Tunisie. La constitution a été suspendue en mars, ainsi que le Parlement avec ses deux Chambres, le Conseil économique et social et le Conseil constitutionnel. De 1959 à 2011, la constitution n'a pas empêché le pouvoir en place de mener des actions antidémocratiques. La constitution, si elle est un cadre et un garde-fou législatif, n'est pas pour autant garante de toute entrave à la dignité humaine.

Maintes périodes post-révolutionnaires ont été marquées par un retour en arrière féroce. Nous avions évidemment ce constat en tête en prenant à bras-le-corps cette période et notre mission. Avons-nous failli à garder le pays sur une voie progressiste ? Ce n'est pas à moi d'en juger pour le moment, et peut-être est-il encore trop tôt pour conclure sur cette question.

Outre les réformes déjà évoquées, en raison de la disparition des institutions coutumières, nous devions recréer le cadre législatif et exécutif pour assurer le bon fonctionnement du pays.

La consolidation démocratique ne tolère pas un État faible. Il est indispensable que tous les acteurs politiques acceptent, d'une manière ou d'une autre, cet état de fait. Il faut que l'État, dans le respect des règles en vigueur (législatives et morales), puisse exercer une force coercitive pour assurer la sécurité dans tout le pays. L'État est le garant des intérêts de la nation et de ses habitants, et ne saurait se plier à une idéologie particulière.

Parallèlement à cette prééminence de l'État, la société civile doit elle aussi prendre une place de premier plan. L'émergence d'une société civile forte atteste de la maturité civique du peuple tunisien. C'est l'une des conditions de la réussite de la transition et de la consolidation démocratiques. J'ai été émerveillé de voir comment les Tunisiens ont récupéré leurs droits bafoués depuis longtemps, et su se réapproprier des concepts impossibles à appliquer quelques mois auparavant, comme la liberté d'expression et de réunion, et la liberté de la presse. Dès que j'allumais la radio, je ressentais une joie immense à entendre les journalistes fustiger ou railler tout le monde, sans épargner personne. La satire politique est le thermomètre de la démocratie. Je ne connais aucun pays où il est possible de critiquer ouvertement ses dirigeants sans qu'il ne soit véritablement démocratique.

La *tabula rasa* nous a obligés à inventer un nouveau fonctionnement institutionnel qui n'interfère pas avec la souveraineté populaire récemment acquise, et qui, surtout, ne bafoue pas la légitimité du peuple à gouverner. Les partis de l'opposition et l'UGTT ayant quitté le premier gouvernement, il fallait réfléchir à une nouvelle organisation qui les intègre, car comment diriger le pays sans qu'ils soient représentés ?

Le 15 janvier, le Conseil constitutionnel a nommé le président de la Chambre des députés, Fouad Mebazza, président par intérim de la République tunisienne – le chargeant de désigner un Premier ministre qui choisirait son gouvernement. En plus de ces organes exécutifs ont été créées trois commissions d'enquêtes et de réformes. Le Parlement ayant été dissous, le pouvoir législatif était aussi entre les mains du président et du Premier ministre qui promulguaient des décrets-lois.

Parmi les trois commissions d'enquêtes et de réformes, la plus importante était, à mon sens, la Haute Instance pour la réalisation des objectifs de la révolution, de la réforme politique et de la transition démocratique. À dire vrai, c'était la pierre angulaire du régime transitoire. Présidée par le juriste Yadh Ben Achour[2], elle était composée de 150 membres issus de 12 partis politiques, 19 associations ou syndicats, de 11 gouvernorats (sur les 24 que compte la Tunisie), ainsi que de personnalités juridiques de premier plan, tous regroupés dans l'organe représentatif, le Conseil de l'Instance. Son objectif principal consistait à éliminer du droit tunisien toutes les dispositions de l'ère Ben Ali.

La Haute Instance (comme elle a été appelée) s'appuyait sur une commission de juristes composée de 21 experts qui proposaient des décrets-lois au gouvernement. L'une de ses plus belles réalisations fut sans nul doute la création de l'Instance supérieure indépendante pour les élections (ISIE), présidée par l'opposant historique Kamel Jendoubi[3], et affranchie de la tutelle du ministère de l'Intérieur. La tenue d'élections libres étant notre objectif principal, il était nécessaire de nous doter d'une

---

2. Yadh Ben Achour est un juriste spécialiste des théories politiques islamiques et de droit public, qui a occupé ce poste jusqu'en janvier 2012, où il a remplacé Abdelfattah Amor au Comité des droits de l'homme des Nations unies (N.d.E.).

3. Kamel Jendoubi est connu pour avoir fait partie de plusieurs associations de défense des droits de l'homme, notamment le Réseau méditerranéen des droits de l'homme depuis 2003 (N.d.E.).

institution indépendante, capable d'en assurer le bon déroulement, à l'image de la démocratie que nous commencions à bâtir.

Peut-être émettrai-je un seul bémol quant au travail remarquable de cette commission – le choix du scrutin à la proportionnelle (comme en Allemagne ou aux élections européennes), qui favorise les partis déjà établis ou nouvellement créés plutôt que les listes indépendantes.

La Haute Instance s'est empressée de voter un certain nombre de lois garantes de la liberté des individus, revenant notamment sur la loi des associations qui obligeait celles-ci à attendre l'aval du ministère de l'Intérieur pour entamer leurs activités. Cette loi abrogée, il était logique de favoriser la liberté des médias et de la presse, et d'encadrer le financement des partis politiques, pour éviter la corruption et l'accaparement privé de biens publics.

Même si le régime transitoire ne tirait pas sa légitimité directement des élections, cela ne l'a pas empêché de commencer le long travail d'écriture de la constitution. Avec l'aide de la Commission supérieure de la réforme politique, des juristes ont discuté des décrets-lois, et rédigé un brouillon de constitution, qui devait être utilisé comme base de travail par l'Assemblée constituante. Dans cette ébauche, ont notamment été inscrites l'abolition de la peine de mort et la non-prescription des crimes de torture. Cette envie de n'oublier aucune exaction fait écho à tout le travail accompli – qu'il reste à terminer – sur le sujet de la justice transitionnelle, sans quoi un pays en transition ne peut pas se relever.

La réforme de la justice : pour une justice transitionnelle équitable.

Le pays a reçu une multitude de blessures irréparables durant ces vingt-trois dernières années. Il n'est pas le premier à devoir affronter un passé sali par des exactions et des pratiques déshonorantes pour tous les citoyens qui ont cherché à rester honnêtes et qui ont subi la corruption, le pillage ou la torture physique et morale.

D'autres avant nous ont dû reconstruire leur dignité en faisant face à leur passé, et en réparant les crimes commis. Mais les échecs en la matière sont aussi monnaie courante. L'Espagne par exemple qui, à la mort de Franco, est devenue une démocratie, n'est pas parvenue à mettre sur pied une justice efficace pour juger tous les anciens caciques du régime. De la même manière, le Chili n'accepte toujours pas, aujourd'hui, de lever les condamnations pesant sur les militants ayant lutté contre la dictature de

Pinochet. Pire encore, la justice transitionnelle dans les pays de l'Est n'a tout simplement pas eu lieu.

Pour que de telles choses n'arrivent pas, il faut une volonté politique très forte. L'Afrique du Sud est parvenue à un résultat exemplaire en la matière, dont la Tunisie aurait beaucoup à apprendre. Mais en aura-t-elle le cran ? Je pose la question parce que je ne considère pas que nous ayons achevé ce travail, alors qu'il le faudrait, plus d'un an après la mise en place de l'Assemblée nationale constituante.

La volonté politique à l'œuvre durant la période de transition, mue exclusivement par l'engagement patriotique, aurait-elle disparu aujourd'hui ? J'ai l'espoir que non, même si j'ai bien peur que cette angoisse soit fondée. Dans un premier temps, des mesures financières d'urgence ont été mises en place. Des « versements préliminaires » ont été faits aux victimes de la répression ainsi qu'à leurs familles. 20 000 DT ont été payés aux familles des martyrs, tandis que 3 000 DT l'ont été aux blessés. Qu'attend le nouveau gouvernement pour dédommager ces personnes qui ont incarné la révolution et qui en font trop durement les frais ?

J'aimerais revenir sur les commissions d'enquête qui ont été créées afin d'offrir à la justice une base solide pour instruire les affaires.

La première, la Commission d'enquête et d'établissement des faits, présidée par Taoufik

Bouderbala, examinait les crimes et les assassinats. Son champ d'action concernait les victimes de la répression, avant et après le 14 janvier. Elle était composée de dix membres qui ont sillonné le pays du nord au sud et d'est en ouest pour recueillir des témoignages.

La commission a constitué 2 118 dossiers dont 244 concernent les décès, 1 489 les blessés et 385 les dommages causés aux biens publics et privés. Après ces investigations, la commission a commencé, en juillet 2011, à auditionner de hauts responsables. Et Taoufik Bouderbala de préciser : « Nous allons continuer d'auditionner aussi les responsables qui ne sont pas impliqués ainsi que des anciens ministres. À la fin de ces investigations, nous établirons un rapport sur l'historique de ces événements pour cerner les responsabilités qui sont essentiellement des responsabilités institutionnelles, car les responsabilités individuelles relèvent de la compétence des tribunaux. Ce rapport déterminera le nombre des décès et des blessés et comportera des recommandations pour dédommager les victimes. »

Une seconde commission a été mise sur pied pour traiter les affaires de corruption et de malversations, sous la présidence d'Abdelfattah Amor. Divisée en deux sous-commissions (une de politique générale et l'autre plus « technique »), c'est elle qui enquête sur les affaires en cours.

Afin de débuter une enquête, la commission doit être saisie par un citoyen, une administration, une entreprise publique, voire s'autosaisir. En revanche, elle ne possède pas la capacité juridique de convoquer la partie mise en cause, sauf si cette dernière accepte de livrer son témoignage. Elle n'a aucune prérogative coercitive. De plus, « l'autorité de la chose jugée », c'est-à-dire l'étendue des sujets qu'elle peut couvrir, est limitée, notamment par la prescription dans certains cas.

Cette commission d'enquête n'a de comptes à rendre à personne, et surtout ne prend pas part aux décisions de justice par la suite. Elle a donc transmis environ 350 dossiers au parquet depuis décembre 2011. Et parmi ceux-là, il en était un que toute la Tunisie attendait : celui de Ben Ali.

Mais Ben Ali et sa femme, Leïla Trabelsi, ont été jugés par contumace pour certains délits seulement. Bien qu'absents du territoire national, la justice les a condamnés à trente-cinq ans de réclusion ainsi qu'à 91 millions de DT d'amende. La particularité de leur jugement est que, s'ils se présentent à la justice, ils auront un nouveau procès.

Les malversations et autres actes de corruption soulèvent une question que nous avons eu aussi à traiter, celle des biens mal acquis. Une fois leurs propriétaires jugés et, le cas échéant, punis, que faire des biens dont ils se sont illégalement emparés ?

Nommé président de la commission des biens confisqués, je me suis empressé de coordonner ses actions avec celle de la confiscation, présidée par M. Adel Bensmaïl. Mon souci était surtout de sauvegarder les actifs confisqués et de ne pas voir leur valeur se dégrader afin que le gouvernement puisse les vendre plus tard aux meilleures conditions. Même si nous avons fait beaucoup d'efforts, le temps imparti ne nous a pas permis de mener à bien cette tâche ardue.

Chapitre 6

UNE TRANSITION D'ENVERGURE INTERNATIONALE

Il suffit d'un domino qui tombe pour entraîner la chute de tous les autres. Les Tunisiens ont été la première pièce de l'« effet domino » du printemps arabe. Telle une rumeur qui s'amplifie à mesure qu'elle traverse les frontières, la révolution tunisienne a transformé la configuration politique du monde arabe entier.

Du jour au lendemain, la Tunisie s'est vue propulser sur le devant de la scène internationale et a acquis un grand capital de sympathie auprès de la plupart des grandes puissances mondiales. À ceci près qu'il ne s'est traduit que marginalement par une assistance financière effective propre à aider le pays qui se trouvait dans une situation difficile. Malgré toutes les promesses du G8 et des partenaires traditionnels de la Tunisie, y compris les pays du GCC, le gouvernement de transition n'a reçu qu'une aide limitée et n'a pu compter que sur ses propres moyens. Peut-être la situation aurait-elle été différente si la révolution ne s'était pas propagée à d'autres pays de la région dont l'importance géostratégique est nettement supérieure à celle de la Tunisie. Cette réalité doit nous inciter à bien réfléchir aux relations que nous entretenons avec l'étranger, et particulièrement avec nos partenaires traditionnels tels que la France. Il nous semble nécessaire de reconstruire nos relations diplomatiques avec nos partenaires étrangers sur des bases réalistes et pragmatiques et non point sur des promesses chimériques.

La faille morale de la France par rapport à la Tunisie.

Ex-puissance coloniale, la France entretient depuis l'indépendance des relations privilégiées avec son ancien empire. Cette préséance française s'exprime à la fois dans ses politiques culturelle (valorisation de la francophonie, etc.), diplomatique et économique. Cette dimension-là ne me dérange pas outre mesure, tant que cela se fait dans le respect des conventions internationales et avec une certaine décence. En matière d'amitiés franco-tunisiennes, certains réseaux n'étaient cependant pas des plus honnêtes et moraux. Il s'est avéré que les ramifications s'étendaient dans tous les domaines : chez les intellectuels, dans la presse (invitations de journalistes), dans l'économie, la politique ou la diplomatie.

Les réseaux diplomatiques qui liaient la France à la Tunisie.

Clausewitz disait que « la guerre est la continuation de la politique par d'autres moyens », et définissait ainsi un rapport direct entre politique et violence. La violence légitime détenue par l'État en temps de paix se transmue en une nouvelle légitimité en temps de guerre. Toujours est-il que, dans cette lignée, on peut dire que la « politique française contemporaine en Tunisie est la continuation de la colonisation par d'autres moyens ». La violence contenue dans la colonisation s'exprime aujourd'hui par le biais de relations privilégiées de certains politiciens français avec les anciennes autorités tunisiennes.

Les diplomates et hommes politiques français sont friands de séjours touristiques en Tunisie. Ils aiment découvrir nos paysages et notre culture – on les comprend aisément – et cela n'est en rien dommageable. Là où la question se complique, c'est quand leur statut d'hommes politiques passe après le bonheur qu'ils ont à profiter de sites tunisiens réputés.

La déontologie de l'homme politique veut qu'il ne mêle pas sa vie privée et ses prises de position publiques. Mais surtout, ceux qui se réclament de la démocratie ne peuvent donner leur bénédiction au régime politique d'un pays si celui-ci ne respecte pas les droits de l'homme.

Or, qu'aurait dû faire la France depuis des années ?

La diplomatie française, et une grande partie de la classe politique avec elle, était d'une complaisance avérée envers le régime de Ben Ali. Lors des différentes rencontres entre officiels français et diplomates tunisiens, la question des droits de l'homme était systématiquement éludée. Il était pourtant du devoir moral de la France, principal partenaire de la Tunisie, de mettre le gouvernement tunisien face à ses obligations. Mais rien n'a été fait dans ce sens. Une fois de plus, les révélations du site Wikileaks nous ont aidés à comprendre les dessous de ces questions.

En juillet 2007, Nicolas Sarkozy rend visite à Ben Ali, après son élection à la tête de l'État français. Le câble n° 117270 de l'ambassade des États-Unis, daté du 31 juillet 2007, explique que le président français n'a fait publiquement aucune déclaration sur le respect des droits de l'homme par le pouvoir tunisien. Ces questions auraient été, apparemment, abordées lors de l'entretien privé entre les deux chefs d'État.

Tout se mêle et s'entremêle, notamment lors de la visite de Nicolas Sarkozy, en 2008. Il était venu proposer de gros contrats, mais il a aussi prononcé cette phrase : « Les libertés progressent. »

Encore plus troublant, en avril 2009, François Fillon, le Premier ministre de la France, se rend officiellement en Tunisie. Dans sa délégation, nulle trace ni du ministre des Affaires étrangères, Bernard Kouchner, ni de la secrétaire aux Droits de l'homme, Rama Yade. Un câble de l'ambassade des États-Unis précise : « Interrogé en conférence de presse sur l'absence de ces deux ministres et sur la question des droits de l'homme, Fillon eut cette phrase lapidaire : "La France ne donne pas de leçon en matière de droits de l'homme." » On ne peut être plus clair ! Car, à moins de dire que son pays n'était pas en mesure de le faire en raison d'une discutable exemplarité en la matière – ce dont je doute –, cette formule ne signifiait rien de moins, dans la bouche de M. Fillon, que « Laissons les Tunisiens sous la domination d'un dictateur sans rien faire ».

Ces rencontres mettent au jour les vieilles relations entre la France et la Tunisie. L'arrivée de M. Sarkozy au pouvoir n'a rien initié en la matière, puisque déjà son prédécesseur, M. Jacques Chirac, parlait de « miracle tunisien » à propos du développement économique, tout en éludant les questions des droits de l'homme – une bagatelle !

D'autres hommes politiques de moindre envergure avaient eux aussi montré un grand attachement aux valeurs démocratiques, version Ben Ali. Philippe Séguin[1], en 1997, déclarait ainsi que « Ben Ali est un homme politique moderne qui défend jusqu'au bout les notions d'humanisme et de liberté ». Lors d'un congrès du RCD en 1998, il déclare aussi donner l'exemple de ce parti unique à ses militants. Mais surtout, le plus grave est contenu dans cette déclaration : « La volonté des démocraties les plus avancées de promouvoir une sorte de norme idéale ne saurait leur faire oublier leurs propres insuffisances, ni le fait qu'elles ont mis des décennies, des siècles, pour élaborer leurs institutions actuelles. » Non content d'afficher son amitié avec un régime dictatorial, il fait aussi preuve d'un grand mépris envers tout un peuple qui ne mériterait donc pas la liberté et la sécurité conférées par le respect des droits de l'homme.

Ces gages d'amitié envers la Tunisie étaient bien sûr récompensés par le pouvoir en place. On ne comptait plus les personnalités décorées, ou les biens attribués gracieusement.

---

1. Philippe Séguin est un homme politique français, gaulliste, ministre au milieu des années 1980, président de l'Assemblée nationale dans la décennie 1990, et à la tête du Rassemblement pour la République (RPR) de 1997 à 1999 (N.d.E.).

La bataille de l'image, le contrôle de la parole et le contrôle de l'opposition.

Si la bataille de l'image se jouait en Tunisie pour un dictateur développant le culte de sa personne, elle se jouait aussi à l'étranger, et notamment en France. La Tunisie a mis en œuvre une réelle stratégie à l'égard de la presse française afin d'y avoir une bonne image. C'était l'obsession de Ben Ali lors de sa visite officielle en France. Ceci explique la création de l'Agence tunisienne de la communication extérieure (ATCE), et de la stratégie élaborée avec l'agence de publicité Image 7. Cette dernière préparait sur mesure des documentaires sur le droit des femmes, le miracle économique, sans sortir des sentiers battus, promouvant une image lisse d'une Tunisie rayonnante sous son soleil estival.

Les rédactions ont elles aussi pris position sur la question de la dictature. *L'Express* titrait par exemple, en janvier 2011, « Plutôt Ben Ali que les barbus », et Christophe Barbier, son rédacteur en chef, avouait préférer *tout* accepter plutôt que de voir l'islamisme au pouvoir. Nous ne discutons pas ici la question de l'islamisme, mais ce *tout* est absolument terrible – la torture, la bastonnade, l'arbitraire et l'absurde.

Ces amitiés tissées au sein de la classe politique française par le régime de Ben Ali peuvent expliquer les premières réactions du gouvernement au début de la révolution, et son attitude sur le territoire français pendant la dictature.

Avant que Ben Ali ne soit renversé, la ministre française de la Défense, Mme Michèle Alliot-Marie, proposait au régime tout le « savoir-faire de la France en matière de maintien de l'ordre » – on le sait important. Une cargaison de grenades lacrymogènes était d'ailleurs prête à être envoyée. Cette proposition, qui a choqué beaucoup de monde, s'inscrivait pourtant dans une collaboration franco-tunisienne sécuritaire de longue date.

Les autorités tunisiennes espionnaient sur le sol français les islamistes, ainsi que les militants et les membres de l'opposition, et rédigeaient des rapports. Comme par exemple lors de la venue de M. Hamma Hammami[2] en France en 2003. À n'importe quel rassemblement de l'opposition tunisienne à Paris, il y avait des policiers du consulat. Les autorités françaises le savaient et ne s'y opposaient pas. Tant que cela se passait sans heurts, la coopération policière entre les deux pays pouvait continuer. Il ne s'agissait d'ailleurs pas d'une coopération dictée par la couleur politique.

---

2. Porte-parole d'un parti longtemps clandestin, le Parti communiste des ouvriers de Tunisie (PCOT), il en devient secrétaire général en 2011 (N.d.E.).

Sous les gouvernements de gauche, il en allait de même. M. Jean-Pierre Chevènement, alors ministre de l'Intérieur, parlait lui aussi de lutte contre l'islamisme par le biais d'une coopération policière. Des listes de terroristes présumés étaient établies par les autorités tunisiennes et transmises à la France.

Reconstruire des relations diplomatiques sur des bases saines.

La rupture annoncée par notre gouvernement de transition devait aussi se traduire dans nos relations avec nos partenaires étrangers.

Durant la période post-révolutionnaire, nous avons joui de la sympathie de la communauté internationale. Le monde entier avait braqué son regard sur nous, prêt à nous aider. À quelques exceptions près, cependant, les promesses faites pendant cette période d'euphorie n'ont pas été tenues. La Banque mondiale et la Banque africaine de développement ont à elles deux ouvert un crédit d'un milliard de dollars, tandis que l'Union européenne, l'Agence française de développement et quelques autres institutions en ont accordé d'autres. Mais le gouvernement de transition espérait davantage, surtout après les promesses faites.

Le gouvernement de transition était pour une bonne partie composé de techniciens – experts dans leur domaine et non soumis aux diktats idéologiques –, qui avaient de nombreux contacts à l'international. Des experts du FMI, de la Banque mondiale, de l'OCDE, de la Banque européenne, etc. sont venus nous apporter leur aide. Outre ces organisations internationales, des relations bilatérales solides ont été tissées. Une assistance technique pour mettre en place les réformes était disponible auprès de pays comme la France, les États-Unis, l'Angleterre, etc.

C'est à l'occasion du sommet du G8, à Deauville, en France, en mai 2012, que nous avons pu voir l'étendue de l'intérêt de la communauté internationale pour les révolutions arabes, et en particulier celle de la Tunisie. Après cette réunion, il nous a été demandé d'établir un plan sur cinq ans, une feuille de route pour le développement du pays. Nous avons travaillé d'arrache-pied pour finaliser le document qui a pris le nom de *Plan Jasmin*[3] et qui nous a guidés dans nos travaux de réforme. Il a été accueilli très positivement par les partenaires économiques tunisiens et les grandes institutions financières internationales.

---

3. Ce nom a été adopté suite à une discussion que j'ai eue avec le président de la Banque mondiale, M. Robert Zoellik, qui a bien apprécié cet intitulé évoquant le « Plan Marshall » (initié par les États-Unis pour redresser l'économie européenne après la Deuxième Guerre mondiale).

Ce document, rédigé en concertation avec les hauts cadres du Premier ministère, du ministère des Finances et du ministère de la Planification et de la Coopération internationale est devenu la feuille de route du gouvernement de transition[4].

Ce sommet de Deauville est l'expression parfaite de la nécessité de ne pas se replier sur soi-même, et de garder le regard tourné vers l'extérieur. Les solutions ne peuvent venir que de politiques intérieures, il faut que la Tunisie soit capable de relever le défi d'une intégration dans le « système-monde », et que les investisseurs étrangers cessent de voir la Tunisie comme un pays où l'emploi est bon marché, mais la considèrent comme un pays où créer des partenariats durables.

S'inscrire dans le « système-monde ».

Le processus de mondialisation amorcé dans les années 1950 a aujourd'hui abouti à une intégration quasi totale des pays du monde. La division

4. Nous reviendrons sur les points saillants du Plan Jasmin et ses préconisations dans la troisième partie de cet ouvrage, puisque nous ne pouvons pas nous borner à l'évoquer. C'est dans ce document que sont renfermées les pistes pour un développement harmonieux et prospère de la Tunisie de demain.

internationale du travail est devenue l'enjeu majeur de notre siècle : comment s'y insérer sans être réduit à être « l'atelier » de certains pays ? Comment parvenir à être à son tour leader dans un secteur ? Et surtout, à quelle échelle doit-on envisager l'intégration dans ce système-monde ?

Les pays européens ont choisi, à juste titre, de jouer la carte de l'intégration régionale, entre pays d'une même zone géographique avec des échanges importants. Nous devrions, au Maghreb, suivre cet exemple.

La Tunisie occupe une place centrale, entre le Maghreb et le Machrek, l'Europe et l'Afrique, qui la prédispose à devenir le carrefour du développement régional.

Mais l'idée de la Tunisie comme un *hub* ne peut s'ancrer de plain-pied dans la réalité que si le Maghreb s'engage dans une politique régionale forte. Aujourd'hui, seulement 2 à 3 % du commerce extérieur se fait entre les pays du Maghreb. Le reste est majoritairement tourné vers l'Union européenne. Or, cela comporte un risque systémique de taille : quand le continent européen, comme aujourd'hui, est dans une situation économique difficile, l'adversité gagne le Maghreb entier. Il a été estimé, par exemple, qu'une baisse d'un point de croissance de l'Europe se traduit par une baisse concomitante de 0,65 % du taux de croissance en Tunisie.

Je suis intimement convaincu qu'il faut nous ouvrir à notre extérieur immédiat pour espérer nous développer de manière pérenne. Il n'est plus possible que notre structure de commerce extérieur soit entièrement tournée vers les seuls pays européens, alors même qu'ensemble, avec l'Algérie, le Maroc et la Libye, nous pouvons répondre à cette sur-dépendance. Ensemble, nous pouvons nous tourner vers d'autres marchés, faire de nos pays des espaces ouverts aux autres, ainsi qu'à d'autres cultures et civilisations.

Troisième partie

LA TROISIÈME VOIE : UNE REFONDATION DU RÔLE DE L'ÉTAT

La culture, l'éducation et la bonne gouvernance sont les fondements d'une société civilisée.

Ibn Khaldun

Chapitre 7

LA REFONDATION DU RÔLE DE L'ÉTAT DANS LA PROMOTION DE L'INVESTISSEMENT

J'ai toujours été fasciné par le développement fulgurant de la Cité-État de Singapour. Voici un pays, dont la superficie dépasse à peine celle de l'île de Djerba, et qui affiche un PNB de 222 milliards de dollars, après avoir enregistré une croissance annuelle de 7 % à 10 % pendant trois décennies d'affilée. Alors que, pendant la même période, la Tunisie n'a pu atteindre que 50 milliards de dollars de PNB, avec une superficie bien plus importante (164 000 km^2) et le double de la population.

Dans son livre *From Third World to First*[1], Lee Kuan Yew, le bâtisseur du Singapour moderne, explique le miracle économique de son pays par le travail acharné qui a été fourni pour en faire une nation moderne et prospère. Cette explication cache toutefois le travail extraordinaire accompli par Lee Kuan Yew et l'économiste Goh Keng

1. Lee Kuan Yew, *From Third World to First*, Singapour, Marshall Caventish, 2000.

Swee, qui ont élaboré ensemble une vision claire et bien articulée afin d'assurer la prospérité de leur pays.

De ce petit pays ils ont fait l'un des plus grands miracles de l'histoire moderne. Lee disait qu'il fallait de la passion pour construire un pays. Et l'économiste Goh d'ajouter « que le succès ne dépendait pas de la planification mais de la capacité d'un pays à s'adapter au changement ». Cette capacité, Singapour l'a prouvée par la résilience qu'il a manifestée dans la crise des années 90 qui a touché la plupart des pays d'Asie du Sud-Est. Déjà, en 1999, l'État de Singapour affichait une croissance de 10 %. Le succès de Singapour ne s'explique pas seulement par la vision de ses leaders, mais aussi par leur remarquable capacité à conduire le changement dans leur pays. Celui-ci, largement agraire et pauvre dans les années 60, est devenu l'un des plus grands *hubs* technologiques de la région de l'Asie du Sud-Est. Pour ce faire, le gouvernement a injecté plus d'un milliard de dollars dans les start-up technologiques, ce qui a valu à Singapour le qualificatif de *State Venture Capitalist*. Le gouvernement a élaboré une politique qui encourageait l'innovation et l'entrepreneuriat. Effectivement, Lee et Goh ont géré leur pays comme une entreprise. Ils choisissaient les personnes les plus compétentes pour diriger les entreprises publiques et les rémunéraient très confortablement, ce qui a eu pour corollaire la quasi-disparition de la corruption.

Voilà comment Singapour est devenu une puissance économique de premier ordre alors qu'au départ, il n'avait comme actifs qu'un petit port et une population largement agraire. Mais le pays a réussi parce qu'il a su investir dans son meilleur actif : les ressources humaines. À la question des chercheurs qui voulaient savoir quel était le secret de la réussite de son pays, Goh répondait que « les conférenciers universitaires se trompaient souvent sur l'explication de cette réussite ». À son avis celle-ci était due à la décision de mettre « l'accent sur les mathématiques et les sciences, et qu'il fallait rendre hommage aux mères singapouriennes pour avoir encouragé leurs enfants à s'intéresser à ces disciplines ». Aussi, ne faut-il pas s'étonner que Singapour forme aujourd'hui plus de 20 000 ingénieurs par an, alors que la Tunisie ne dépasse guère les 5 000, malgré une population deux fois plus importante.

Afin de mener à bien leur politique, Lee et Goh ont établi l'*Economic Development Board*. Nos gouvernants gagneraient à s'inspirer du mode de gouvernance et de fonctionnement de cet organisme, et de sa capacité à réadapter la stratégie économique du pays selon les changements qui pèsent sur l'économie mondiale et régionale.

Si je m'attarde sur l'exemple de Singapour, c'est parce que je pense qu'il doit être une source d'inspiration pour les leaders de notre pays. Voici un État, bien plus pauvre que la Tunisie, bien plus petit et doté de moyens beaucoup plus modestes, qui a réussi à produire l'un des plus grands miracles économiques de notre époque. N'y a-t-il pas là matière à réflexion ?

Le *leadership* qu'a montré Lee Kuan Yew prouve qu'une vision claire du chemin vers la prospérité est le préalable indispensable à toute action politique. Cette vision implique que l'État conduise le changement autant dans ses dimensions économiques que culturelles, en inculquant une culture de l'excellence et de la performance. Ensuite, le cadre institutionnel doit être propice afin de mobiliser, dans le secteur public, les compétences et les rémunérer correctement. Ces éléments permettent de créer une économie capable de s'adapter aux évolutions du marché, celles-là mêmes qui sont sources de richesse.

Qu'en est-il de la Tunisie ?

La Tunisie n'a pas encore achevé sa transition démocratique ; elle ne pourra l'achever, et donc passer au stade de la consolidation démocratique, qu'une fois qu'elle aura acquis une stabilité institutionnelle, une sécurité généralisée, et une prospérité économique et sociale, ou du moins l'espoir d'une prospérité à venir. Il nous semble donc *impératif* de créer, sans plus tarder, les conditions de cette prospérité, sans quoi la suite de l'histoire contemporaine de la Tunisie ne rimera jamais avec démocratie.

Si la prospérité est avant tout économique, c'est parce qu'elle est la condition *sine qua non* pour réussir toute transition démocratique. Quand les citoyens peinent à nourrir leurs enfants ou à joindre les deux bouts en fin de mois, ils ne peuvent jouer le rôle citoyen qui leur incombe. Ce n'est qu'une fois libérés des soucis d'ordre économique que les citoyens peuvent pleinement exercer leurs droits et devoirs civiques d'une manière responsable et engagée.

Mais nous en revenons toujours au même point : sans l'établissement d'un bien-être social et individuel, on ne peut espérer atteindre le cercle vertueux de la prospérité et de la consolidation démocratique. Cela est si important que je regrette profondément que les débats publics, qui font rage de nos jours en Tunisie, s'éloignent si souvent de cet objectif primordial qui répondrait aux attentes ardentes de la jeunesse tunisienne. À quoi bon dépenser tant d'efforts en discours, souvent stériles, alors qu'il faudrait traiter les problèmes qui comptent vraiment pour nos concitoyens ?

Cela dit, il reste toujours une question, et pas des moindres : comment assurer la prospérité économique et sociale ? Loin de nous l'idée de passer en revue ici le modèle économique que nous avons préconisé pour la Tunisie et qui a été élaboré exhaustivement dans le cadre du Plan Jasmin. Il nous paraît important, toutefois, de nous concentrer sur l'acte fondamental au cœur de toute politique économique : l'*investissement*. Comme une graine qui, bien plantée et bien arrosée, donne naissance à un arbre robuste et élégant, un investissement soigné représente le germe d'un développement économique sain. L'investissement est ainsi l'épine dorsale du développement économique, et le principal moteur de la création d'emplois.

Les pays qui ont réussi, à l'instar de Singapour, ont pris la peine de *soigner l'acte d'investir*. Ils ont compris que ce qui comptait était l'orientation des politiques économiques vers une redéfinition du rôle de l'État, afin de favoriser des politiques propices à l'investissement.

Assurer la prospérité économique par l'investissement.

Les expériences socialistes des années 1960 et 1970 – une économie centralisée et soumise à des plans quinquennaux –, a donné à l'État un rôle prépondérant dans le développement économique du pays. Cette politique était justifiée au lendemain de l'indépendance. L'État devait prendre la responsabilité de lancer des politiques économiques d'envergure et de grands chantiers qui dépassaient les capacités du secteur privé. Mais cinquante-sept ans plus tard, la situation n'est plus la même, et il nous semble évident qu'il faut redéfinir le rôle de l'État. De premier investisseur, employeur et régulateur, il doit se transformer en partenaire, propulseur d'énergies et accompagnateur utile favorisant l'émergence des initiatives publiques, publiques-privées et privées, créatrices de valeurs. Ainsi, l'État doit assurer la mise en place de conditions pour une gestion efficiente de l'économie en favorisant un climat incitatif aux investissements nationaux et étrangers. Et il doit, bien entendu, mener les réformes nécessaires afin de se donner les moyens de cette politique.

La place de l'État dans la société est renouvelée : d'État-providence, il devient État-partenaire, il aide la société à s'aider elle-même, et pousse le citoyen à tirer le meilleur de lui-même et à servir au mieux la société dans laquelle il évolue. Cela ne signifie pas que les prérogatives de l'État s'amenuisent – au contraire. L'État garde la haute main sur les activités économiques et sociales du pays.

Quant à ses moyens, s'ils se limitent à ses ressources budgétaires, ils seront insuffisants. Avec un budget de 25 milliards de DT (2012), consacré en grande partie à la couverture de la rémunération du secteur public et aux activités sociales, et avec un concours destiné à la compensation directe et indirecte qui frôle le niveau du budget d'équipement, l'État se trouve dans une situation précaire où sa politique en matière de soutien à la consommation risque de dépasser l'enveloppe budgétaire destinée au développement et à l'investissement[2]. Il est donc évident que la marge (*fiscal space*) du gouvernement est très réduite, ce qui l'oblige à mobiliser ailleurs les ressources financières dont il a besoin pour soutenir son programme socio-économique.

Au vu des contraintes budgétaires et des moyens limités à sa disposition, ainsi qu'une possibilité restreinte de s'endetter davantage, aucun gouvernement issu de quelque tendance politique que ce soit ne peut résoudre la problématique de l'investissement sans envisager des solutions innovantes qui sortent du cadre du budget. Est-ce à dire que l'État est pour autant démuni de moyens pour mener sa

2. Le budget de l'État tunisien n'est malheureusement pas extensible. Il est même très modeste, puisqu'il est de 25 milliards de DT pour un PIB de 60 milliards. Sur ce montant, 60 % relèvent du budget de fonctionnement, ce qui le rend incompressible. La compensation (directe et indirecte), qui a représenté en 2011 pas moins de 6,8 milliards de DT, correspond à un réajustement du budget en fonction de paramètres imprévus au moment de l'établissement de celui-ci. Par exemple, l'augmentation du prix du pétrole oblige à revoir à la hausse ce poste-là. Dans notre cas, ces 6,8 milliards frôlent le niveau de notre budget d'équipement.

politique ? A-t-il ce seul budget pour agir sur l'économie nationale ? La réponse est non. L'État dispose d'un arsenal impressionnant d'actifs – souvent mal gérés – représentés par les entreprises publiques (qui pour certaines atteignent un déficit cumulé dépassant 1,5 milliard de DT), un portefeuille énorme de biens confisqués, des valeurs mobilières et immobilières, et toute une réserve foncière qu'il pourrait mettre à contribution d'une manière intelligente et efficiente afin de dégager les ressources nécessaires.

Cela dit, j'estime que l'État doit rester, directement ou indirectement, maître des activités stratégiques du pays ou de celles qui exigent des capacités financières qui dépassent les ressources du secteur privé. Il devrait, toutefois, se désengager des entreprises et des actifs qu'il pourrait placer auprès du privé par le biais d'un programme bien étudié de cession d'une large panoplie d'actifs, et de privatisation d'entreprises étatiques ou semi-étatiques. J'ai pleinement conscience que le mot *privatisation* est tabou auprès des syndicats et des franges de la masse ouvrière. Je suis toutefois intimement convaincu qu'avec ces mêmes syndicats, nous pouvons établir une politique de privatisation ciblée et intelligente. Travaillant main dans la main, nous pouvons élaborer des politiques innovantes et participatives où les intérêts des travailleurs seraient non seulement préservés, mais aussi comblés.

Toutefois, la réussite de cette politique dépend largement de l'usage de ces ressources ainsi dégagées. En effet, ce nouveau rôle de l'État comme instigateur de l'investissement, ne peut mener à la prospérité économique qu'à la condition que ces ressources soient réinvesties intelligemment dans l'économie nationale, en utilisant à bon escient l'effet de levier ainsi que l'effet multiplicateur que ces investissements peuvent générer. En fait, bien menée, cette politique doit permettre à l'État de récupérer, à terme, des revenus directs et indirects bien supérieurs à ceux qu'il collecterait s'il gardait ces actifs dans son giron, tout en générant énormément de richesses dans le pays. De plus, il faut rappeler que les recettes des privatisations ne sont pas prises en compte dans le calcul du déficit budgétaire et ne doivent, par conséquent, pas servir à financer le budget de l'État. Nous élaborerons dans la section suivante quelques initiatives stratégiques qui illustrent, par des exemples concrets, comment l'État peut réussir dans cette démarche.

L'économie tunisienne a besoin de financements pour se relancer. Les initiatives des entrepreneurs nécessitent des ressources financières (fonds propres et endettement) pour produire de la richesse économique et des emplois, et entraîner le pays dans le cercle vertueux de la croissance et de la création de valeurs. L'investissement est, par conséquent, la pierre angulaire de ce système économique : il impulse l'activité économique et garantit sa pérennisation.

En premier lieu, l'État gagnerait à peaufiner la batterie de mesures incitatives à l'investissement privé qui, quoique généreuses, n'ont toujours pas eu le résultat escompté, particulièrement dans les régions intérieures du pays.

Pour qu'un entrepreneur puisse financer un projet (quel qu'il soit), il a besoin de ressources financières. Or, bien souvent, il n'a pas suffisamment d'épargne pour lancer ou accompagner le développement de son entreprise, ce qui l'oblige à faire appel à des sources de financement extérieures. L'orthodoxie financière nous enseigne que la solidité d'une entreprise repose sur l'équilibre entre ses fonds propres et son niveau d'endettement. Or, ce qui fait défaut dans notre pays, ce ne sont pas les sources de financement bancaire (bien que le problème soit souvent posé en ces termes). En effet, les banques sont généralement disposées à accorder des crédits aux entreprises ayant une structure financière solide et un bon business plan. Ce qui manque, c'est un marché de fonds propres (*Equity Market*) permettant aux PME-PMI, surtout celles qui ne sont pas encore capables d'accéder à la Bourse de valeurs mobilières, de lever les capitaux propres dont elles ont besoin pour se développer.

Connaissant ce problème, l'une des premières actions que nous avons initiées au ministère des Finances, durant la courte période de transition, fut la refonte complète du cadre réglementaire du capital-investissement. Ceci est d'autant plus important que le tissu économique tunisien est composé de plus de 80 % de PME-PMI. Le nouveau cadre réglementaire (voir chapitre suivant) devait permettre aux entreprises de lever plus aisément les fonds propres qu'elles requièrent, auprès d'un marché professionnel et bien organisé. En plus, la création d'un tel marché leur permettrait d'avoir un recours concomitant au conseil et à l'encadrement des professionnels de l'investissement.

La mise en place de ce marché repose essentiellement sur la création d'une multitude de fonds d'investissements spécialisés. Ces fonds accompagneront les PME-PMI dans leurs différentes phases de développement (amorçage, développement, transmission ou retournement). Les rares fonds professionnels qui existent aujourd'hui en Tunisie offrent une capacité d'investissement en capital bien en deçà des besoins pressants des entrepreneurs tunisiens. Leur multiplication et leur diversification sont une priorité pour le pays. La section suivante traite de quelques approches stratégiques pour développer ce marché fort important.

L'État, puissant propulseur de l'investissement national.

La Tunisie, après l'indépendance, ne s'est pas dotée d'importants organismes, à l'instar du Maroc qui a créé, en 1959, la Caisse de dépôt et de gestion (CDG), qui a joué un rôle très important de moteur d'investissement. Les banques de développement à capitaux mixtes, qui ont vu le jour dans les années 1970 et 1980, en partenariat avec le gouvernement tunisien et des investisseurs institutionnels et gouvernementaux du Golfe, n'ont pu combler les déficits en matière d'investissements dans le pays car, par définition, les banques (commerciales ou de développement) sont supposées financer l'économie par des crédits. Et même si ces banques ont pris des participations dans des entreprises ou des projets en création, elles ont rarement joué le rôle d'initiatrices ou de sponsors de tels projets.

D'autre part, l'orthodoxie financière exige une séparation claire entre les activités de crédit et les activités d'investissement des établissements financiers. Cette séparation a été instituée par une loi aux États-Unis en 1933 (le *Glass-Steagall Act*). Sauf que, sous la pression et le lobbying exercés par de grandes banques d'investissement américaines, cette loi a été abrogée en 1999, ce que certains chercheurs considèrent comme la principale cause de la crise financière de 2008. Ceci a conduit les législateurs américains à mettre au goût du jour une nouvelle variante de cette loi (*Dodd-Frank Wall Street Reform and Consumer Protection Act*) en 2010, qui limite les possibilités des banques commerciales à mener des opérations de banques d'investissement.

La Tunisie n'échappe pas à cette orthodoxie de séparation des activités commerciales et d'investissement bien qu'elle soit moins explicitement définie dans la loi bancaire. Toutefois, la réglementation bancaire en vigueur pénalise les établissements bancaires qui s'adonnent à des activités d'investissement direct dans des secteurs autres que ceux relatifs à leurs propres filiales financières. Tout investissement qui sort de ce cadre est déduit automatiquement de l'assiette des fonds propres dans le calcul du ratio de solvabilité des banques, ce qui peut leur être préjudiciable. Le souci de respecter les ratios réglementaires, combiné aux difficultés rencontrées par les banques de développement de l'époque à lever du refinancement à moyen et long terme nécessaire à soutenir leurs activités de crédit, a amené la plupart d'entre elles à fusionner avec des banques commerciales ou à se transformer en banques universelles, ce qui n'est pas sans avoir posé de sérieux problèmes d'intégration.

À la lumière de ce constat, il nous semblait essentiel de créer de nouveaux véhicules d'investissement qui joueraient le rôle de puissants moteurs pour la propulsion de l'investissement national, et surtout pour le financement des grands projets d'infrastructure ainsi que l'accompagnement des PME-PMI. C'est dans ce cadre que le gouvernement de transition a entrepris le montage de deux grandes structures d'investissement : la Caisse des dépôts et consignations (CDC) et le Fonds générationnel (Fonds Ajyal).

La Caisse des dépôts et consignations.

La CDC est un établissement opérant dans le secteur public, bénéficiant d'un statut spécial, qui a été créée en novembre 2011. Les précédents gouvernements avaient élaboré une esquisse de ce projet, qui n'a jamais vu le jour. La majeure partie des besoins en refinancement de la CDC proviendrait initialement des dépôts postaux. La CDC serait certainement appelée plus tard à identifier d'autres sources de refinancement, comme celles provenant des comptes de retraite, des dépôts notariaux ou des fonds de pension publics. Les investissements projetés par la CDC, à moyen terme, dépasseraient les 5 milliards de DT ce qui lui confère la capacité de créer des dizaines de milliers d'emplois dans le pays.

La CDC a une fonction de tierce confiance : la présence de l'État dans un investissement incite les investisseurs à venir s'y greffer. En plus de cette dimension, cette structure permet de garder le contrôle sur les projets et sur les activités qu'elle finance.

Elle prend en charge le financement en capital de grands projets d'investissement, particulièrement dans le secteur des infrastructures, sans pour autant créer une quelconque pression sur le budget de l'État. Il s'agit généralement de financements dont l'ampleur en termes de coût dépasse la capacité des privés, dont le rendement financier est faible, ou qui sont difficiles à structurer en partenariat public-privé. Cela peut aussi concerner des projets stratégiques que l'État choisit politiquement au vu de leur impact socio-économique nonobstant leur faible taux de rendement interne. Ainsi, la CDC étudierait, par exemple, le financement des projets d'infrastructure qui constituent un important apport pour la promotion des zones industrielles ainsi que le désenclavement des régions de l'intérieur du pays.

D'un autre côté, la CDC introduira un programme exhaustif de soutien aux PME-PMI, y compris le lancement d'une gamme variée de nouveaux instruments d'apport en fonds propres, ainsi que d'appui aux schémas de financement conçus essentiellement pour les accompagner dans leurs différentes phases de développement.

C'est dans ce cadre que l'une des premières missions confiées à la CDC consiste à lancer des fonds de fonds de capital-investissement lui permettant d'injecter la mise initiale (*Seed Money*) dans des fonds privés ou publics-privés ou même publics érigés par des sociétés d'investissement nationales ou étrangères. La CDC envisagerait ainsi de créer, entre autres projets, un Fonds national d'amorçage (FNA) pour accompagner les jeunes entrepreneurs, ainsi que le lancement de fonds *Mezzanine* qui répondraient aux besoins en fonds propres des entreprises familiales qui ne souhaitent pas ouvrir leur capital. La CDC introduira, en temps opportun, toute une famille de nouveaux fonds : fonds régionaux ou de proximité, fonds de capital-innovation, etc. L'idée est de faire de ces fonds un outil, ainsi qu'un instrument d'accompagnement dans ces métiers à fort potentiel.

Mais les prérogatives de la CDC ne sont pas vouées à se limiter à la promotion de fonds d'investissement et son champ d'action ne sera pas circonscrit aux seuls domaines des infrastructures et des PME. Ainsi, la CDC sera appelée à jouer un rôle important dans la promotion des marchés de capitaux tel que le marché secondaire des valeurs du trésor (voir le chapitre suivant). La CDC jouera aussi le rôle d'investisseur contra-cyclique en continuant à investir durant les cycles baissiers.

Le Fonds générationnel.

L'une des vertus de la démocratie est qu'elle favorise l'éclosion de conditions propices au développement de l'initiative privée. La nouvelle stratégie économique de la Tunisie doit nécessairement mettre l'accent sur le rôle critique, mais nouvellement redéfini, que le gouvernement doit jouer dans l'appui et l'accompagnement des promoteurs privés pour booster sensiblement leurs projets d'investissement et créer ainsi de nouvelles opportunités d'emplois dans le pays.

Dans ce contexte, le gouvernement de transition a approuvé le lancement d'un véhicule d'investissement générationnel de grande envergure (le Fonds Ajyal) avec un apport financier initial considérable. Le Fonds n'investirait que dans des projets qui répondent aux critères recherchés par les investisseurs privés. Il contribue à financer des projets privés ou publics-privés avec une stratégie de sortie prédéfinie qui vise à céder ses participations aux promoteurs tout en recherchant des rendements attractifs. Plusieurs sous-fonds seront lancés par ce véhicule, y compris un fonds de fonds de *Private Equity* (qui viendrait conforter les fonds de la CDC) ainsi que des fonds sectoriels spécifiques dans l'infrastructure (y compris les énergies renouvelables), l'agriculture (y compris le bio et l'agroalimentaire), la technologie, le tourisme, l'immobilier, la distribution ainsi que dans d'autres secteurs économiques.

Le Fonds Ajyal contribuerait à l'émergence d'une nouvelle génération d'entrepreneurs tunisiens versés dans la pratique moderne des affaires et de la gestion financière. La mise initiale du fonds (*Seed Money*) de 2,5 milliards de DT devait provenir des recettes de la privatisation de Tunisie Télécom conservées à la Banque centrale. Ce montant devrait être porté à 5 milliards de DT dans les deux à trois années après sa création, en provenance de nouvelles opérations de privatisation ou de reventes de biens confisqués.

Les grands investisseurs, tant tunisiens qu'étrangers, institutionnels, privés ou publics, seraient invités à investir dans les sous-fonds mais ne pourraient avoir accès au fonds mère qui resterait la propriété exclusive de l'État. La participation du fonds mère dans les sous-fonds ne doit pas dépasser la barre des 50 % pour préserver leur caractère mixte et leur gestion autonome. Certains privilèges seraient accordés aux principaux investisseurs dans les sous-fonds, tels que la participation dans leur gouvernance ainsi que certains droits préférentiels de co-investissement dans les projets financés. Grâce à la combinaison des effets de levier et des effets multiplicateurs, il est estimé que le Fonds Ajyal devrait générer des investissements globaux de l'ordre de 30 milliards de DT au cours des sept années suivant sa création. *Ce niveau d'investissement global devrait contribuer à la création de centaines de milliers d'emplois directs et indirects en Tunisie*. En effet, on estime que la création d'un emploi direct stable exige un investissement moyen de 30 000 à 50 000 DT selon les secteurs, et qu'un emploi direct génère en moyenne deux à trois emplois indirects. Le potentiel du fonds générationnel à créer des emplois est donc colossal, d'où son importance stratégique pour le pays.

En tant que sponsor principal du fonds, le gouvernement joue un rôle primordial dans sa gouvernance, mais laisse aux entrepreneurs privés la latitude nécessaire pour mener à bien leurs projets de manière autonome. Par ailleurs, en poussant l'endettement au niveau des projets, le gouvernement évite de contracter de la dette supplémentaire et limite son exposition à sa participation diluée au niveau des sous-fonds. Le Fonds se conformerait à certains principes de base tels que la sauvegarde de l'environnement et ne s'engagerait que dans des activités socialement responsables.

Afin d'illustrer la puissance de cette structure, prenons le cas d'un promoteur tunisien qui dispose de 10 millions de dinars de fonds propres. À ce niveau de capital, le promoteur peut espérer bénéficier d'un crédit bancaire de 20 millions de DT pour un montant global d'investissement de 30 millions de DT (selon la formule d'équilibre financier retenue dans la section précédente). Supposons maintenant que ce promoteur envisage d'augmenter la taille de son projet à 90 millions de DT, étant convaincu de sa capacité d'écoulement sur les marchés qu'il couvre. Ne disposant pas des fonds propres nécessaires, il sollicite le Fonds Ajyal pour l'aider à trouver une solution. Celui-ci peut lui proposer, par exemple, de lever 5 millions de DT auprès d'un autre fonds d'investissement ou d'une SICAR, et charge l'un de ses sous-fonds (relatif à son secteur) d'investir le reliquat additionnel de 15 millions de DT (après étude bien entendu). Les fonds propres de son projet passent ainsi de 10 à 30 millions de DT, et la dette qui lui serait octroyée passerait à 60 millions de DT (selon la même formule retenue plus haut). Ce niveau de fonds propres lui permet donc d'augmenter l'enveloppe d'investissement de son projet à 90 millions de DT. Pour sa stratégie de sortie, le Fonds peut envisager trois possibilités : soit une sortie en Bourse (qui est l'option la plus élégante), soit l'établissement d'un pacte d'actionnaires fixant les conditions du rachat par le promoteur des parts du fonds, soit le placement de ses titres auprès d'un tiers (sortie industrielle ou *Trade Sale*).

Cet exemple simple illustre clairement la puissance d'une telle structure dans l'accompagnement de l'investissement privé en Tunisie, tout en permettant à l'État de garder la haute main sur la gouvernance d'une telle initiative. *Primo*, l'État fixe dès le départ sa perte potentielle maximale qui est relative au pourcentage de sa participation dans le sous-fonds. *Deuzio*, l'État ne contracte aucun endettement supplémentaire puisque le financement bancaire se trouve au niveau d'un projet privé. *Tertio*, l'État a son mot à dire, à travers le Conseil de surveillance du fonds mère, sur les priorités économiques des projets choisis et veille à ce que le Fonds respecte les règles de bonne gouvernance et de transparence.

L'utilité d'un fonds national d'investissement comme celui-ci n'est plus à prouver. Ce qu'il permet de mettre en place, c'est la pérennité du développement de demain, celui de nos enfants. Bien qu'approuvé par le Conseil des ministres du gouvernement de transition, la loi concernant cette structure, qui devait avoir une dimension nettement plus importante que la CDC, n'a jamais été publiée au JORT. Je ressens encore une grande frustration de n'avoir pas pu achever le processus de sa mise en place finale. J'ose espérer, toutefois, que cette initiative verra le jour dans un proche avenir, quoique je sois contrarié d'apprendre que plus d'un milliard de DT a été ponctionné de la mise initiale prévue pour ce fonds afin d'être réalloué au budget 2012 par le gouvernement de transition actuel[3].

Les exemples de la CDC et du Fonds générationnel, ainsi que d'autres structures similaires qui peuvent être conçus, illustrent clairement le rôle primordial, mais nouvellement défini, que l'État est appelé à jouer dans la promotion et la professionnalisation de l'investissement dans le pays. Ainsi, l'État garde la haute main sans pour autant s'impliquer dans la gestion directe des projets financés ni dans la prise de risques inconsidérés, tout en évitant de puiser dans les ressources budgétaires.

Il est évident que la réussite de ces structures dépendra de la qualité des cadres appelés à les gérer. En effet, vu leur complexité inhérente, il est impératif de recruter des cadres ayant des compétences pointues dans des domaines tels que le *Private Equity*,

3. La frustration que j'ai éprouvée en apprenant cette décision est identique à celle que j'ai ressentie à l'annonce de la dégradation de la note souveraine de la Tunisie par Standard & Poor's quelques mois plus tard. Une humiliation qui aurait pu nous être épargnée si seulement nos gouvernants avaient pris conscience de l'importance du sujet, et s'étaient mobilisés pour l'éviter.

la *corporate finance*, les financements structurés, etc., et s'assurer la participation de spécialistes de haut niveau (juridique, fiscal, etc). Il est tout aussi évident que la réussite de cette politique dépendra de notre capacité à mener les réformes structurelles nécessaires au bon fonctionnement de notre pays en général et de notre économie en particulier.

Les réformes structurelles indispensables.

Le Plan Jasmin prévoyait qu'au cours de la période transitionnelle (2012-2013), la Tunisie atteindrait un taux de croissance économique robuste (autour de 5 % du PIB par an) et introduirait les plans de réformes politiques, économiques et sociales susceptibles d'améliorer les conditions socio-économiques. Au cours de la phase d'émergence (que nous évaluions aux années 2013-2016), la Tunisie visait des taux de croissance de plus de 7 % et l'amorce d'un processus de convergence avec l'Union européenne et d'autres économies avancées.

Dans les chapitres précédents, nous avons établi que la Tunisie devait mener d'importantes transformations structurelles. La première étape est le passage d'une économie dominée par l'État et le secteur public à une économie où les forces du privé, ou de partenariats publics-privés, seraient mises en exergue. L'État jouerait alors le rôle d'impulseur et d'accompagnateur de l'investissement. L'État serait à même de promouvoir une nouvelle configuration de notre économie : d'une économie de transformation, elle doit se muer en une économie de la connaissance et du savoir, où le contenu technologique et le facteur de l'innovation jouent un rôle de premier plan. Le corollaire de cette stratégie est qu'elle prépare notre pays à s'intégrer à l'économie mondiale en préservant ses atouts concurrentiels.

Faut-il rappeler que ces transformations – qui sont les premiers pas vers l'établissement de conditions favorables à l'éclosion de la prospérité – ne sont envisageables que si nous mettons l'accent sur notre meilleur atout : le capital humain.

Toutefois, le meilleur plan économique et social serait invalidé s'il n'était pas accompagné par des réformes profondes. En premier lieu, une refonte du rôle et du fonctionnement du gouvernement central et des centres décisionnels au niveau régional est primordiale dans la redéfinition du cadre de la gouvernance. En particulier, il faut évaluer s'il n'est pas préférable d'accorder plus d'autonomie aux ministères et aux autres centres décisionnels de l'administration qui, subissant le monopole autoritaire du Premier ministère, même pour des décisions triviales, sont considérablement ralentis. La réforme de l'administration doit être placée au premier plan des actions prioritaires du gouvernement.

Il est également important de repenser la politique de rémunération dans le secteur public. Cette politique doit avoir l'objectif clair de réduire l'écart entre les secteurs public et privé. Ce serait, à mon avis, le meilleur remède contre la corruption. Par ailleurs, nous espérons voir se créer une plus grande mobilité des compétences entre les secteurs public et privé, qui ne sera possible que si on aligne graduellement les grilles de salaires entre les deux secteurs, comme l'a fait le Maroc, par exemple, qui a réussi à susciter une réelle osmose entre les deux secteurs.

Le changement commence toujours par le haut. Il appartient donc à nos leaders de sonner le glas d'un système vétuste qui a largement montré ses limites, et d'annoncer le lancement d'un programme ambitieux de réformes tous azimuts. Ces réformes engloberaient l'ensemble des secteurs en commençant par celui de l'administration, du système financier, de la culture et de l'éducation, de l'emploi, de la politique fiscale et du code de l'investissement, de la politique sociale, et particulièrement celle relative au système de retraite et de santé, de la politique énergétique et de la gestion de nos ressources en eau, de la politique agricole et rurale, ainsi que des autres secteurs clés économiques et sociaux. L'ambition c'est d'opérer une transformation profonde de notre société en misant sur les valeurs d'excellence, de performance et de responsabilité citoyenne. L'élaboration d'un plan de communication judicieux servirait à mobiliser toutes les forces vives de la nation derrière cet ambitieux programme.

Il aurait été présomptueux, dans le cadre de ce livre, d'évoquer de manière exhaustive l'ensemble de ces réformes. Il nous a semblé opportun, toutefois, de nous attarder sur trois réformes cruciales : la réforme du système financier, celle de la culture et de l'éducation, ainsi que le nouveau paradigme de l'emploi et du développement.

Chapitre 8

LA RÉFORME DU SYSTÈME FINANCIER

L'une des principales missions de l'État consiste à veiller à la mise en place de toute la chaîne de valeurs de notre système financier : de la microfinance jusqu'à l'élaboration d'un marché de capitaux fiable, moderne et efficient, afin que tous les opérateurs économiques puissent avoir accès non seulement aux financements dont ils ont besoin mais aussi à toute la gamme de services financiers, quelle que soit leur nature.

Lorsque j'ai pris mes fonctions au ministère, j'avais estimé que deux réformes revêtaient une importance toute particulière : celle de la microfinance et celle du capital-investissement. La microfinance offre une multitude de possibilités aux populations démunies en milieu rural et dans les faubourgs des grandes villes. Elle ambitionne une politique d'inclusion de ces populations dans le système financier national et la création d'emplois. La réforme du cadre réglementaire du capital-investissement me paraissait tout aussi importante puisque j'avais constaté la nécessité d'édifier un marché de fonds propres pour les PME-PMI qui, comme on l'a vu dans les sections précédentes, représentent la part du lion du tissu économique national.

La microfinance.

Le microcrédit, en tant qu'outil d'inclusion financière et sociale, a déjà apporté, depuis son apparition en 1999, quelques éléments de réponse à la problématique de l'exclusion financière. Ce système a ceci de magique qu'il permet la création d'un emploi direct, voire de deux ou trois emplois indirects, pour chaque nouveau crédit octroyé. En Tunisie, on estime qu'il y a 500 000 microcrédits. Nous souhaitons doubler ce nombre dans les trois à cinq prochaines années.

Afin de jouer pleinement son rôle dans le développement économique et social, la microfinance doit aller au-delà du microcrédit. Les personnes à bas revenus ont aussi besoin de produits d'épargne, d'assurance et de transfert de fonds qui puissent subvenir à leurs besoins financiers basiques et les intégrer ainsi au système financier national. Les niveaux de pauvreté et d'inégalités régionales sont bien plus alarmants que les précédents communiqués officiels ne le laissaient entendre : près de 12 % de la population est au-dessous du seuil de pauvreté, un tiers au-dessous du taux de vulnérabilité. Face à une telle situation, la microfinance a rapidement été identifiée comme l'un des outils susceptibles de réduire ces inégalités et lutter contre l'exclusion financière et sociale.

La demande potentielle pour la microfinance concernerait une population de 2,5 à 3 millions d'adultes à bas revenus, exclus du système financier classique, allant jusqu'à 40 % en zones rurales.

J'étais déjà convaincu de l'utilité de la microfinance avant de mettre en place la réforme de ce secteur, mais c'est en me rendant à la Cité Ettadhamoun, proche de Tunis, que je me suis véritablement rendu compte de son impact. Après avoir passé une après-midi à discuter avec sept bénéficiaires de microcrédits, j'ai compris à quel point ils pouvaient changer la vie de nos concitoyens les plus démunis, surtout celle des femmes qui représentent 70 % des bénéficiaires de microcrédits en Tunisie.

Une des femmes que j'ai interrogées m'a expliqué qu'avant, elle portait son enfant sur son dos chaque matin pour le mener à l'école, afin qu'il ne marche pas dans la boue, et que chez elle, le toit fuyait. Mais, ayant pu payer une machine à coudre grâce à un microcrédit, elle avait créé une petite entreprise de confection de rideaux qui s'était développée. Elle a fait réparer les fuites du toit et acheté des bottes à son enfant.

Une autre, qui avait monté une parfumerie, en possédait quatre désormais. Très élégante dans son manteau bien coupé, elle disait « être à l'aise » grâce aux microcrédits. Des exemples édifiants et émouvants.

Le cadre institutionnel de la microfinance en Tunisie posait des problèmes. L'industrie n'avait pas de structure professionnelle, à l'exception d'une entité privée (Enda) et de plusieurs associations de microfinance, toutes liées à la Banque de solidarité (BTS). Enda a réussi d'une manière remarquable, sans aucun concours de l'État, ce qui montre clairement qu'une bonne organisation et des structures adéquates sont des gages de succès dans ce domaine malgré le manque de moyens. Il est important de préciser, toutefois, que de nouvelles sources de refinancement doivent être identifiées d'urgence pour permettre à Enda, et aux nouvelles entités de microfinance, de survivre. Il est donc vital que l'État étudie rapidement la restructuration et la modernisation de ce secteur.

La loi promulguée par le gouvernement de transition avait pour objet principal de refondre le cadre institutionnel et réglementaire du secteur. En particulier, elle devait permettre d'instaurer les conditions qui encourageraient d'autres acteurs à se joindre à ce marché.

Par ailleurs, il nous paraissait nécessaire de réduire la dépendance des associations de microfinance envers la BTS pour leurs besoins de refinancement. L'objectif était d'offrir la possibilité aux opérateurs en microfinance de se refinancer auprès de toutes les banques de la place. L'intervention de l'État sous forme de concours ou de garantie dans la phase de transition pouvait s'avérer nécessaire, et l'incidence de cette politique devait donner lieu à des associations opérant d'une manière plus autonome et plus professionnelle.

Le nouveau cadre réglementaire proposé prévoit d'augmenter le capital minimum des instituts de microfinance afin d'encourager des fusions entre les associations existantes, de créer une centrale des risques (que le ministère des Finances prendrait en charge d'abord avant qu'elle soit transférée à la Banque centrale), et de lancer une association professionnelle de la microfinance qui organiserait ce secteur et le professionnaliserait. Une stratégie sur trois ans a été élaborée par le ministère des Finances à cet effet.

Capital-investissement.

La création d'un marché de capital-investissement (*Private Equity*) était indispensable. Comme nous l'avons évoqué dans le précédent chapitre, on identifie souvent le problème du financement des PME avec le manque d'accès au financement bancaire, alors qu'il réside en général dans leur incapacité de lever les fonds propres nécessaires à leur développement. Le renforcement de leur capital leur permet de consolider leur structure financière et d'accéder plus facilement au concours bancaire.

Le capital-investissement intéresse les PME-PMI qui ne sont pas encore prêtes à lever des capitaux en Bourse. Il se décline sous plusieurs formes afin de répondre aux différentes situations des entreprises : le capital-risque (*Venture Capital*) permet de financer le démarrage de nouvelles entreprises ; le capital-développement de l'aider à s'étendre ; le capital-transmission est destiné à accompagner la cession des entreprises ; le capital-retournement aide au redressement d'une entreprise en difficulté. Les opérations de capital-investissement se réalisent soit par l'achat de titres existants auprès d'actionnaires, soit par l'apport de fonds nouveaux en augmentation du capital. Les opérations de *Private Equity* sont réalisées par des sociétés d'investissement spécialisées. Le capital-risque accompagne l'entreprise lors de sa phase de création ou pour soutenir son développement dans l'espoir d'assurer sa sortie avec une plus-value conséquente. Comme nous l'avons dit dans le chapitre précédent, la sortie est assurée soit par une introduction en Bourse, soit par une vente à un tiers (sortie industrielle), ou par l'établissement d'un pacte de rachat d'actions par les principaux actionnaires de l'entreprise. Cette industrie existait déjà en Tunisie, mais tout comme la microfinance, elle n'avait pas de cadre réglementaire adapté. Les sociétés d'investissement à capital-risque (SICAR) sont généralement établies par des banques commerciales ayant une motivation d'optimisation fiscale, de sorte que le marché qui existe aujourd'hui est loin de respecter les caractéristiques qui distinguent un marché professionnel de *Private Equity*. À quelques exceptions près, les SICAR opèrent d'une manière similaire aux banques en exigeant, par exemple, des garanties réelles, ce qui va à l'encontre de la prise de risque qu'ils sont supposés assumer. Or l'orthodoxie bancaire n'encourage pas les banques commerciales à investir. Ce sont des métiers très différents qui exigent des règles de fonctionnement différenciées. C'est la raison pour laquelle nous estimons que cette industrie doit opérer d'une manière indépendante des banques.

Par ailleurs, le champ d'intervention des SICAR est limité par l'ancienne réglementation à certaines régions et à certains secteurs. Il était donc important d'amorcer la création d'un vrai marché de capital-investissement caractérisé par l'émergence de professionnels de ce métier complexe, intervenant dans l'ensemble des secteurs de l'économie nationale. Cette initiative représente le salut des PME-PMI en Tunisie. Il faut continuer l'effort et susciter un environnement favorable à la création de fonds d'investissement. L'environnement que la nouvelle loi ambitionnait de promouvoir devait favoriser l'éclosion de ces métiers et attirer de nouveaux professionnels.

En effet, le nouveau cadre réglementaire du capital-investissement prévoit en particulier une perpétuation des avantages fiscaux à l'entrée, un élargissement possible du catalogue d'investissement, et une augmentation du délai autorisé pour l'investissement : de vingt-quatre mois, il est passé à trente-six, permettant ainsi d'accompagner d'une manière plus approfondie les projets dans lesquels s'impliquent les investisseurs.

Réforme du système bancaire et financier.

Quand j'ai quitté la Tunisie à la fin des années 80, le système financier tunisien était considéré comme l'un des meilleurs d'Afrique. Force m'est de constater que, à mon retour vingt-quatre ans plus tard, le système financier en général, et le système bancaire en particulier, avaient enregistré un grand retard par rapport aux pays concurrents de la région, comme le Maroc ou certains pays d'Afrique sub-saharienne.

La nette séparation entre banques privées et banques publiques retarde l'élaboration d'un système bancaire efficient et compétitif. Ceci est d'autant plus vrai que les banques privées ont fait un effort soutenu pour moderniser leurs structures et pour adopter des technologies de pointe afin d'améliorer leurs services et leurs procédures de gouvernance. Dans le même temps, les banques publiques continuent à opérer souvent comme des extensions pures et simples de l'administration, trahissant un retard énorme sur l'ensemble de ces aspects.

Les différences de rémunération, surtout au niveau des postes de direction, expliquent en partie les contre-performances des banques publiques par rapport aux banques privées. Il nous paraît donc nécessaire de réduire – si ce n'est d'éliminer – cette dichotomie pour que les banques opèrent sur un pied d'égalité. Pour cela, la restructuration des banques publiques me semble indispensable. Elle doit s'articuler autour des points suivants : l'amélioration de la gouvernance ; la recapitalisation ; l'amélioration de la politique de gestion des risques ; l'amélioration des plateformes technologiques ; le *re-engeneering* des procédures et la modernisation des structures ; et un investissement conséquent dans le capital humain.

Il faut également couper le lien entre l'administration et les banques, notamment dans la gestion des crédits. C'est d'autant plus vital que les banques ont beaucoup souffert des crédits accumulés pendant de longues années suite à des directives émanant des responsables du gouvernement, ou plus récemment des proches du président déchu.

Enfin, nous préconisons de privatiser complètement les banques publiques pour que certaines d'entre elles deviennent des championnes nationales. Il est toutefois nécessaire de les restructurer au préalable.

Il me semble, par ailleurs, que le système bancaire tunisien dans son ensemble (public et privé) peut être reconstitué en encourageant les fusions entre banques (public-public, public-privé et privé-privé). Ceci donnerait lieu à l'émergence de grandes banques nationales capables d'accompagner leurs clients dans le marché national et à l'étranger. Cette démarche permettrait aux banques de répondre aux besoins de financements des grandes entreprises (publiques ou privées) et d'augmenter leur latitude sur leurs ratios de division des risques ainsi que leurs ratios de solvabilité. Ceci est d'autant plus important que la Tunisie envisage de lancer des projets d'infrastructures et industriels d'envergure qui ont besoin d'un accompagnement bancaire important.

L'une des plus grandes lacunes du système financier tunisien est l'inexistence d'un vrai marché des capitaux dans lequel les banques et les investisseurs institutionnels (tels que les compagnies d'assurance, les fonds de pension et les gestionnaires d'actifs), pourraient opérer. En particulier, l'inexistence d'un marché de taux constitue un handicap majeur dans l'élaboration d'un tel marché. Ce marché suppose l'existence d'un marché primaire actif de bons du trésor, et des intermédiaires qui opèrent sur le marché secondaire des valeurs du trésor, et qui mènent surtout des opérations sur le marché de la pension livrée.

Conscient de cette lacune, j'ai donné des instructions dès les premiers jours de ma prise de fonction au ministère, afin de renforcer le marché des valeurs primaires en consolidant les lignes par maturité. La création d'un marché primaire est indispensable à la création d'un marché secondaire actif.

Il faut continuer ce processus afin de créer les conditions d'émergence d'un vrai marché secondaire des valeurs du trésor, permettant ainsi aux intermédiaires des valeurs du trésor (IVT), comme à d'autres intervenants institutionnels, de devenir actifs sur ces marchés. C'est le marché secondaire qui établit la vraie valeur de l'argent par l'établissement d'une courbe de taux (établie sur l'axe du temps), qui serait utilisée pour valoriser les actifs du marché (*mark-to-market*) tels que les portefeuilles obligataires. La création d'un marché secondaire doit être menée initialement par les banques qui jouent le rôle le plus important en tant qu'intermédiaires en valeurs du trésor. Aussi faut-il créer des pionniers parmi les banques publiques et privées qui auraient pour mission de développer ce marché. Ce point est d'autant plus important que, comme nous l'avons précisé dans le chapitre précédent, l'absence du dit marché milite contre la mobilisation de ressources à long terme qui sont nécessaires pour financer les grands projets indispensables.

Il va sans dire que la Bourse de Tunis constitue un pilier fort important dans l'architecture du marché des capitaux. Il est toutefois regrettable de constater que la capitalisation boursière dans notre pays est loin d'avoir atteint son vrai potentiel si on la compare à des pays similaires. Malgré les efforts louables des responsables de la Bourse, l'entreprise tunisienne continue à ne pas avoir recours à ce marché pour ses besoins en capitaux. Il y a plusieurs explications à cela, mais je pense que la plus importante est l'absence de culture de marché qui a historiquement caractérisé le comportement de l'entreprise tunisienne. C'est d'ailleurs ce qui explique en partie la maigre performance du marché alternatif. Il reste à espérer que l'ensemble des initiatives que nous avons décrites dans les chapitres précédents finiront par inculquer cette culture à un stade précoce dans les entreprises. La professionnalisation des métiers d'investissement dans notre pays finira par généraliser cette culture auprès de l'ensemble des opérateurs économiques.

Entre-temps, le gouvernement gagnerait à encourager le développement de la Bourse par une politique incitative, et en introduisant en Bourse, partiellement ou totalement, des entreprises publiques ou semi-publiques dans le cadre du programme de privatisation analysé plus haut.

Le développement du marché des capitaux ne peut se faire sans la participation active des investisseurs institutionnels et, en premier lieu, des compagnies d'assurance. Il nous semble, là encore, que la réforme de ce secteur est souhaitable. En particulier, nos compagnies d'assurance gagneraient à réfléchir sur le mérite de séparer leurs activités d'assurance traditionnelle des métiers d'investissement (*Investment Management*) qui demandent une expertise et une connaissance approfondie des mécanismes de marchés qu'elles sont loin de posséder encore. Il nous semble impératif que les compagnies d'assurance prennent des mesures d'urgence pour se préparer convenablement à l'émergence du marché de capitaux et au rôle fort important qu'elles seront appelées à assumer, surtout concernant la mobilisation de ressources pour financer les grands chantiers dont notre pays a besoin. Le temps presse, il faut agir !

Chapitre 9

L'INDISPENSABLE ÉVEIL CULTUREL

Nous sommes le 9 janvier 2012 à Washington D.C. Dehors, la neige tombe ; mais le soleil tunisien brille de tout son éclat dans une salle comble au Kennedy Center. Plus de deux mille personnes ont répondu à l'invitation de notre ambassade à Washington pour assister à un événement inédit : la présentation de la symphonie *Hannibal Barca* interprétée par l'Orchestre Philharmonique du Kennedy Center, augmenté de trente musiciens tunisiens. Ils étaient en tout cent cinq musiciens sur scène prêts à célébrer en musique le premier anniversaire de la révolution tunisienne et transmettre un message d'amitié de notre peuple dans une langue universelle : la musique classique.

J'avais composé la symphonie *Hannibal Barca*[1] quatre ans auparavant pour honorer le héros de mon enfance, et à travers lui mon pays. Cette symphonie

1. Enregistrement du deuxième mouvement disponible sur YouTube (Ayed-Hannibal).

a réclamé trois années de travail ; c'était un défi de tous les jours, entre les exigences et les responsabilités professionnelles. On me demande souvent comment je peux concilier finance et musique. Je réponds « que depuis longtemps je me suis accoutumé à l'idée que la musique est mal financée et la finance mal inspirée, et que c'est en les associant que je retrouve mon équilibre »[2].

Pourquoi ai-je choisi de célébrer en musique notre héros national, qui fascine le monde depuis des millénaires ? Probablement parce que la musique est « avant tout quelque chose que nous faisons, nous les êtres humains, pour expliquer, reproduire et renforcer notre relation avec le monde, ou nos représentations imaginaires des relations possibles qui pourraient exister », comme l'écrit la musicologue Suzanne Cusick. Ma symphonie était un besoin personnel de revenir à mes racines, mais aussi le moyen de montrer tout un pan d'une histoire trop souvent occultée. Magnifier une figure antique, l'adapter à l'air du temps et l'offrir à un public averti, voilà le défi que je m'étais fixé. Écrire cette pièce musicale a été une véritable « joie à travers la souffrance »

2. Je rends ici un hommage particulier à Jean-Charles Biondi qui a arrangé la plupart de mes œuvres, et à mon ami Férid Bensaïd, président de l'Orchestre philharmonique du Maroc, qui m'a ouvert les portes de l'orchestre.

(Beethoven). Si la musique est, chez moi, aussi naturelle que le sang qui coule dans mes veines, en composer est presque une pénitence, une souffrance de tous les instants, où chaque parcelle de mon esprit est concentrée sur la moindre note, la plus petite harmonie. Chaque détail compte quand on ambitionne de donner à une œuvre le nom d'Hannibal. Il aurait été futile d'écrire un énième ouvrage sur ce personnage tellement les bibliothèques en débordent (notons au passage que le livre qui m'a inspiré le plus est celui de notre illustre écrivain, homme politique et penseur tunisien, Habib Boularès). Et puis, comme disait Wagner, « la musique commence là où s'arrête le pouvoir des mots ».

Ma passion pour la musique remonte à l'enfance. Elle m'a habité tout au long de ma vie, a défini largement mon identité et valorisé mon âme. Et pourtant j'ai gardé pendant longtemps cette passion cachée, dans un coin de mon jardin secret où seuls mes proches avaient accès. Ce n'est qu'à la quarantaine passée, que je me suis résolu à partager ma musique avec le public sur les instances de mes collègues et amis. Je tiens à rendre hommage ici à la BMCE, et particulièrement à son président Othman Benjelloun qui, plus que quiconque, a compris que la musique, le plus noble des arts, pouvait rehausser l'image de tout un groupe, notamment quand elle est composée par l'un de ses dirigeants. C'est grâce à sa bienveillance que ma première œuvre musicale, *Touches de vie*, un concerto pour piano et orchestre, a été présentée au public marocain en mai 2004. Ont suivi de nombreuses manifestations publiques dont *Mogador*[3] (Essouira) que j'ai composé en hommage au Maroc, mon pays d'adoption et ma deuxième patrie.

Le 25 novembre 2010, j'ai présenté au théâtre municipal de Tunis le *Concerto des Jasmins*, un concerto pour violon et orchestre, arrangé par Ahmed Achour, et interprété par l'orchestre philharmonique tunisien avec la soliste et virtuose Yasmine Azaiz. Trois semaines plus tard la révolution du jasmin éclatait. Pour une prémonition, c'en était une !

Si j'ai décidé de partager modestement cette note personnelle avec mes chers lecteurs et lectrices, c'est que j'ai l'ultime conviction que la promotion de l'homme, chère à Bourguiba, passe nécessairement par son émancipation culturelle. Et ce qui s'applique à l'homme, s'applique aussi à la famille, l'entreprise ou la nation. Pierre Dehaye disait : « Si le savoir est collecte et ramassage, la culture est travail de l'esprit sur soi-même[4]. » Force est de constater, toutefois, que dans notre pays la culture n'a toujours pas la place qu'elle mérite. Ben Ali l'a rabaissée à un niveau pathétique. La petite fenêtre d'opportu-

3. Extraits disponibles sur YouTube (Ayed-Mogador).
4. Pierre Dehaye, *Un même mystère*, Albin Michel, 1985.

nité qui m'a été offerte à la tête du ministère des Finances m'a permis de contribuer, un tant soit peu, à améliorer la situation des artistes par des mesures fiscales incitatives. J'avais aussi recommandé, en tant que président du comité de gestion des biens confisqués, et en coordination avec le ministre de la Culture, d'annexer la somptueuse villa de Belhassan Trabelsi à Sidi Bousaïd au Centre de musique arabe et de Méditerranée (le Palais du baron d'Erlanger). Mon rêve était d'en faire le plus grand centre culturel en Méditerranée, un centre de rayonnement de notre culture et de notre civilisation à travers le monde. Ma recommandation a été approuvée par le Premier ministre, M. Béji Caïd-Essebsi. Afin de mobiliser le financement nécessaire pour aménager cet espace culturel grandiose, et en faire l'un des plus beaux au monde, j'avais suggéré de revaloriser une collection de dix mille tableaux stockés depuis des dizaines d'années dans les entrepôts du ministère de la Culture. Un vrai trésor national laissé à l'abandon. Il suffirait de créer un Fonds de développement culturel, qui rachèterait une partie ou la totalité de ces peintures pour les exposer par la suite, selon un programme bien étudié, dans les galeries d'art en Tunisie et à l'étranger, tout en conservant les œuvres qui doivent rester dans le patrimoine national. Le retour sur investissement serait énorme, et la culture tunisienne en sortirait renforcée.

La culture ne se limite pas, bien entendu, aux arts et aux lettres. Selon la définition de l'UNESCO, « la culture peut être considérée comme l'ensemble des traits distinctifs, spirituels et matériels, intellectuels et affectifs qui caractérisent une société ou un groupe social. Elle englobe, outre les arts et les lettres, les modes de vie, les droits fondamentaux de l'être humain, les systèmes de valeurs, les traditions et les croyances ». Ainsi la culture se définit en manières distinctes d'être, de penser, d'agir et de communiquer. Il semble évident, par conséquent, que la voie de la prospérité passe par l'éveil culturel, avec l'objectif d'édifier un système de valeurs qui s'enracine dans notre héritage civilisationnel, spirituel et intellectuel mais capable de s'adapter à la culture universelle et d'ouvrir notre société sur un monde en pleine mutation.

Les Chinois l'ont bien compris : sous l'impulsion de Deng Xiaoping, ils ont initié une réforme profonde de leur système de valeurs sociales, économiques et culturelles qui a fait de la Chine, en moins de trente ans, l'une des premières puissances mondiales. Les Chinois ont tiré les leçons des résultats catastrophiques de la révolution culturelle de Mao Tsé-Toung. Culturellement, les Chinois ont opéré un revirement remarquable en adoptant une politique d'ouverture et d'intégration au monde. C'est ainsi que la musique classique, qui était strictement interdite sous Mao, est devenue pour eux un vrai cheval de bataille. Plus de cinquante millions de jeunes Chinois apprennent le piano classique. Des enquêtes ont montré que, dans certains quartiers de Pékin, en un jour de congé, plus de 40 % des enfants étaient en train d'apprendre à jouer d'un instrument. Certains, tel que le pianiste virtuose Lang Lang, sont devenus mondialement célèbres. L'universitaire canadien Glenn Schellenberg a démontré que la pratique de la musique par de jeunes enfants permet de développer plus rapidement leur quotient intellectuel.

Une pléthore de recherches académiques explique que le miracle économique des pays asiatiques a un soubassement culturel. Les Asiatiques sont connus pour leur sérieux au travail et leur grande capacité d'épargne. Le taux d'épargne des ménages à Singapour est de 50 % pour un taux de 25 % en Tunisie. Ce sont ces caractéristiques culturelles qui expliquent leur succès, nonobstant le système politique dans lequel ils opèrent (dictatorial, démocratique ou autre). Par ailleurs, des recherches académiques ont largement établi le lien entre la culture, le développement et la stabilité sociale. La culture s'avère être une force économique motrice et un puissant outil de dialogue, d'inclusion et de cohésion sociale. La culture est l'épine dorsale du développement humain. L'ouvrage de Daniel Atougua-Manguelle, *L'Afrique a-t-elle besoin d'un programme d'ajustement culturel ?*, offre une analyse édifiante qui se conclut sur

« le besoin d'un éveil des consciences africaines sur la nécessité d'une véritable révolution des mentalités, condition *sine qua non* du développement efficient d'un continent sous perfusion économique depuis pratiquement les premières heures de son émancipation politique ».

Il nous semble par conséquent essentiel d'élaborer un programme national d'un changement culturel exhaustif qui porterait en lui les germes du succès du programme économique et social. Une telle initiative doit commencer à l'école. Elle impliquerait nécessairement toutes les forces vives de la nation, viserait à promouvoir une culture d'excellence et de performance, et favoriserait l'esprit de créativité et d'innovation, surtout parmi les jeunes. Les meilleurs programmes économiques et sociaux seraient invalidés s'ils n'étaient pas accompagnés d'une refonte des mentalités. L'ambition serait non seulement la promotion d'un citoyen instruit, mais d'un citoyen cultivé. Car un homme cultivé est à même d'apporter sa contribution effective à la construction d'un projet de société. La valeur d'un homme se mesure moins à sa carrière professionnelle ou à sa position politique et sociale qu'à l'effort qu'il fournit pour son épanouissement culturel. Il porte un regard averti non seulement sur son pays mais aussi sur le monde. Il lui appartient d'avoir une culture aiguisée, éclairée, en perpétuelle quête de connaissance et d'information. Maurice Chapelan disait : « Instruction : des pierres dans un sac ; Culture : une graine dans un pot. » Une bonne culture donne accès à l'universel et à la compréhension des enjeux économiques et sociaux qui nous touchent de près ou de loin. La culture arabo-musulmane dont sont issues notre identité et nos valeurs ne peut donc que s'inscrire dans une éthique universelle ; comme le disait si bien le professeur Yadh Ben Achour : « Comme toutes les autres religions, l'islam doit prendre conscience d'un fait capital : pour survivre dignement dans le monde moderne, il doit se justifier d'un point de vue universel[5]. »

L'ambition de mener à bien un changement culturel profond passe en premier lieu par une refonte exhaustive de notre système éducatif qui aurait le mérite d'assurer une adéquation judicieuse entre éducation et culture.

Culture et éducation.

Au lendemain de l'indépendance, durant trois décennies, les activités socio-culturelles ont connu un essor exceptionnel dans notre pays. Les maisons de la culture et les clubs de jeunes implantés dans

---

5. Yadh Ben Achour, *La Deuxième Fatiha : L'Islam et la Pensée des droits de l'homme,* Tunis, Cérès Éditions, 2011.

toutes les régions ont tenté de promouvoir de nouvelles formes d'expression culturelle et de loisirs s'adressant à toutes les classes sociales. Des regards neufs sur la conception et l'animation auguraient alors une prédominance de la pédagogie artistique et culturelle. C'est à la Maison des jeunes de Sousse que j'ai personnellement vécu mon premier apprentissage culturel dans des domaines aussi variés que la musique, la danse, la photographie et la poésie. Hélas, faute de ressources, de formation innovante, la motivation s'est atténuée et le rendement de ces structures a régressé.

Mon expérience personnelle a accompagné le mouvement général d'inertie pédagogique et culturelle qui s'est emparée des animateurs et des enseignants. La pédagogie, condamnée à l'immobilisme, se sent investie d'une mission préservatrice et devient une grande machine à résister à tout changement. Dans ce contexte où elle se contente de tourner en rond, l'accélération de l'information et des échanges démontre les limites, voire les obstacles auxquels s'expose le pouvoir assimilateur d'une pédagogie innovante, hautement formatrice et équilibrante. Les réponses « prêt-à-porter », l'égarement et le bouleversement de l'institution éducative ont eu pour conséquences directes de laisser les initiatives novatrices en matière de socioculturel, au fond des tiroirs.

Aussi faut-il repenser, avec l'urgence qui s'impose, notre système éducatif et lui apporter la composante socioculturelle sans laquelle nos enfants n'atteindront jamais leur réel potentiel, qui fait toute la richesse de demain.

L'influence de plus en plus grande qu'exerce le socioculturel sur la jeunesse, sa grande valeur en tant que moyen d'expression du génie humain, devrait en effet lui conférer une place de choix dans le système éducatif. Mais son introduction soulève de sérieuses difficultés. Pourtant, cette orientation est confirmée avec détermination par la loi du 29 juillet 1991 qui prétend « contribuer à promouvoir la personnalité des apprenants, à développer leurs potentialités, à favoriser en eux la formation de l'esprit critique et de la volonté efficiente de sorte que, peu à peu, leur soient inculqués la rationalité et la modération du jugement, le comportement empreint de confiance en soi, l'esprit d'initiative et de créativité dans le travail ».

Nous ne voulons pas d'une pédagogie socioculturelle fondée sur la nostalgie ou l'attachement à une époque révolue. Il s'agit, au contraire, de plaider pour un investissement socioculturel dans nos écoles, faire prendre conscience à la jeunesse des spécificités de notre temps. Notre principe d'éducation doit privilégier leurs missions futures : comprendre les rôles qui lui reviennent, assimiler les nouveaux progrès scientifiques, technologiques et culturels afin de s'intégrer à la modernité.

Chapitre 10

LE NOUVEAU PARADIGME DE L'EMPLOI ET DU DÉVELOPPEMENT

Dans notre société technicienne, l'activité et le comportement sont de plus en plus régis par les applications techniques et la logique du raisonnement scientifique. On se heurte, toutefois, à la difficulté de mesurer les progrès importants réellement accomplis par l'humanité. Ces progrès nous astreignent à réaliser, par l'éducation et la formation, une société qui n'existe pas encore. La formation serait une mission impossible, si elle consistait à former des hommes en vue de réaliser un projet-type de société. Elle répond à ses aspirations lorsqu'elle garantit la mutation de l'homme et la permanence du progrès, ainsi que sa maîtrise et sa mise au service de la société. La manière dont l'homme ressent les effets de la vie moderne doit nous faire réfléchir sur les objectifs à fixer. Si le monde moderne fait face à la complexité, à la rapidité et à la multiplicité, l'avenir élargira sans doute considérablement le champ d'expérimentation offert à un individu moyen et connaîtra des mutations insoupçonnées.

Une telle problématique devrait nous inciter à nous préparer aux mutations imprévisibles et à imaginer des stratégies pour résoudre les problèmes brûlants que posera la formation des jeunes Tunisiens dans les décennies à venir. L'enjeu est important car la Tunisie sociale passe obligatoirement par la Tunisie de la formation.

Dans ce contexte d'une société technologique, l'enseignement et la formation à distance constituent autant d'innovations susceptibles de bouleverser les systèmes d'enseignement et de formation. J'ai assisté récemment à Tunis à un concert donné par un pianiste venu de New York et une jeune et talentueuse guitariste tunisienne. J'ai appris, à mon grand étonnement, que le pianiste était en fait son professeur de musique et qu'il lui donnait des cours par Skype, de New York. Il l'a rencontrée pour la première fois le jour du concert pour une dernière répétition. Il semble évident qu'aucune activité ne se maintient maintenant en marge de la technologie. L'innovation n'a plus seulement lieu dans les laboratoires des chercheurs ou dans les ateliers des entreprises, elle viendra également des personnes qui utilisent les technologies à domicile. Aussi l'appropriation technologique à travers une éducation technologique plus profonde, dynamisante et culturellement plus ancrée, sera-t-elle un facteur essentiel de développement durable. La société « technologique » et la société de « l'information » du XXIe siècle constitueront assurément une société complexe dans un monde complexe. Cela impliquera une incertitude essentielle quant à l'ampleur des changements et à la manière de les contrôler. S'adapter à cette nouvelle situation, à cette complexité et à cette incertitude demandera un effort soutenu de créativité individuelle et collective qui n'était pas nécessaire auparavant. Aujourd'hui, il ne suffit plus d'apprendre, il faut « apprendre à apprendre », apprendre à « vivre avec l'incertitude » et acquérir l'habitude de se méfier de ses automatismes, tout en restant maître de son destin et du destin de la collectivité.

Si la marche vers une société dominée par la technologie semble être un processus irréversible, on peut toutefois craindre que le décalage entre le spécialiste et le simple citoyen se traduise par la concentration du pouvoir dans les mains de quelques initiés. La démocratisation, basée sur le respect des droits de l'homme, devient une revendication essentielle et une valeur fondamentale de la société moderne. Risque-t-elle, alors, d'être bloquée si la promotion d'une culture scientifique et technique collective n'était pas érigée au rang des choix de sociétés ? Les défis scientifiques et technologiques en perspective s'imposent comme un cadre incontournable à toute stratégie de préparation de nos jeunes.

De ce point de vue, l'appropriation de la production scientifique et technologique internationale constitue l'un des défis majeurs que nos ressources humaines auront à relever au XXIe siècle.

Le degré de responsabilité y devient très élevé et l'on demande que chacun soit capable de décider des améliorations à apporter dans un souci de compétitivité et de concurrence à l'échelle nationale et internationale. Initier, aujourd'hui, des stratégies de développement dans un contexte de fermeture par rapport aux puissances technologiques et économiques se traduira par la marginalisation, voire l'isolement international. L'impératif de compétitivité impliquant la nécessité permanente de gains de productivité imposera, à long terme, à nos entreprises de se défausser des activités qui ne peuvent être automatisées.

L'impératif de compétitivité renvoie à l'impératif d'innovation et d'excellence qui englobe à la fois l'innovation technologique et l'innovation organisationnelle. L'investissement dans l'innovation en Tunisie ne dépasse pas 0,5 % du PNB alors qu'il est supérieur à 3 % dans les pays développés. Ceci n'augure guère un saut qualitatif vers une économie de connaissance. Ainsi, au-delà du problème des aptitudes mentales et des comportements sociaux à l'égard de l'innovation, l'un des enjeux économiques de la Tunisie de demain est de parvenir à renforcer la capacité d'adaptation de ses générations futures à un environnement économique variable. La formation de base et la formation permanente joueront à cet égard un rôle déterminant.

Par ailleurs, les exigences en matière de qualification et de recyclage des travailleurs, qu'imposera le rythme accéléré du progrès technique, sont de nature à augmenter le risque d'obsolescence et de disqualification professionnelle. Ces évolutions sont de nature à accentuer le phénomène d'exclusion sociale et de marginalisation et à affecter sérieusement la cohésion sociale. Au-delà des mécanismes et des systèmes de solidarité qu'il s'agit de consolider et de promouvoir, assurer un revenu minimum à chaque actif demandeur d'emploi passe prioritairement par l'insertion professionnelle. Toutefois, il y a lieu de penser que les nouvelles technologies et la tertiarisation de l'économie seraient génératrices de besoins nouveaux potentiellement créateurs d'emplois.

Le service public devrait évoluer à la lumière des nouvelles exigences des besoins collectifs, qui concernent l'environnement, le cadre de vie, la sauvegarde du patrimoine national, les personnes âgées, etc. Les emplois qui en découlent, qu'ils soient permanents ou provisoires, seraient à la fois productifs et facteurs de cohésion sociale. Les nouvelles technologies et les gains de productivité qu'elles permettent feraient évoluer les formes de travail en Tunisie. Il est très probable que les prochaines décennies voient le développement du travail à domicile, à distance, temporaire, à temps partiel ou intermittent. Aussi, l'emploi en tant que relation sociale deviendra-t-il instable et formellement moins rigide, alors que la durée du travail ira en diminuant. Cette évolution requiert un nouveau modèle de relations professionnelles et une adaptation du contrat de travail. Il est impératif de refondre en profondeur le code du travail afin d'y introduire une plus grande flexibilité dans le but de permettre aux investisseurs nationaux et étrangers de recruter sans crainte la main-d'œuvre tunisienne, tout en sauvegardant les intérêts des travailleurs.

Au niveau des relations professionnelles, l'entreprise devrait être reconnue comme le cadre privilégié de la négociation collective et comme le lieu d'autorégulation, de dialogue social et de pacification des rapports sociaux. La négociation collective devrait permettre une adaptation du droit du travail et une meilleure intégration des travailleurs aux réalités et à la vie de l'entreprise par le sentiment d'appartenance qu'ils acquièrent progressivement. Pour cela, la négociation collective devrait perdre son caractère de centralisation excessive qui méconnaît les possibilités réelles des entreprises. Comme lieu naturel de participation des travailleurs, tout organisme devrait faire évoluer les organes d'expression de représentation des travailleurs pour qu'ils deviennent un instrument idéal de concertation et de dialogue social. Ceci est de nature à responsabiliser davantage les acteurs sociaux et à instaurer un climat social sain et sécurisant dans l'entreprise.

Le contrat de travail, à durée indéterminée et à temps plein, verra son importance diminuer rapidement en Tunisie. Ceci est commandé par une tertiarisation de l'économie et des nouvelles formes d'emploi. L'État devra donc aménager les conditions permettant de délimiter un vaste espace de flexibilité, d'adaptation propre à accroître le pouvoir des partenaires sociaux en matière de réglementation des nouvelles formes d'emploi, tout en veillant à la définition d'une sorte de minimum social, selon les règles, les principes qu'il tient pour essentiels et incontournables.

Nous devons prendre conscience que l'impératif de compétitivité et de concurrence exacerbée à l'échelle internationale se traduit par un enjeu vital pour notre pays, à savoir le renforcement continuel de la capacité d'adaptation de nos ressources humaines à un environnement économique fondamentalement mouvant, tout en préservant notre cohésion sociale.

L'environnement économique international, largement influencé par la vague de décloisonnement touchant presque tous les pays du monde, s'est caractérisé par la libéralisation et la consolidation de l'économie de marché. Ces orientations ont eu des conséquences immédiates sur les politiques de l'emploi dans le monde et sur le rythme de production et de productivité devenu plus rapide que celui de l'emploi. Ce phénomène, qui a contribué à l'augmentation du taux de chômage, a incité, par ailleurs, les gouvernements à adopter des politiques de repêchage, en quête d'une adéquation entre le taux élevé de la production et l'intensification de l'emploi. À cet égard, la situation en Tunisie pourrait connaître des changements sociaux possibles en relation avec l'évolution de la population jeune, et celle des actifs, accompagnée d'un exode rural accentué vers les villes. En outre, la population active, en Tunisie, n'est pas toujours formée à l'emploi, et ne fait pas l'objet d'une formation continue qui garantit l'actualisation régulière des connaissances et par conséquent l'évolution des compétences et l'optimisation de l'excellence au vu des mutations mondiales dont les impacts directs sur la production, l'emploi et les méthodes de travail, sont incalculables.

Devant cette situation, quels sont les moyens appropriés pour permettre aux jeunes de participer efficacement au développement ?

Il s'agit en premier lieu, sans doute, d'œuvrer pour un changement de mentalité en développant la réflexion, l'amour du travail, la course vers les créations et les inventions avant-gardistes. Les ressources humaines jeunes qui représentent force et richesse, dans notre société, doivent nous inciter à repenser les formations, à mettre en exergue les aptitudes professionnelles et les comportements à acquérir dans le travail, pour améliorer la production et la productivité. Pour préparer nos jeunes à participer au développement, on devra appréhender avec certitude la pratique future de chaque métier, exploiter pleinement les compétences requises et atteindre le degré d'autonomie qu'il suppose.

Pour atteindre cet objectif, la Tunisie doit adapter son système de formation au développement social, économique et culturel, afin d'être en harmonie avec les mutations accélérées du monde moderne. Ces actions de formation seront entreprises en fonction des valeurs qui commencent à voir le jour, à savoir la motivation, la responsabilité, la liberté, la connaissance, l'initiative, le savoir-faire, la valorisation des hommes, particulièrement des moins qualifiés.

Centrés sur l'être humain, nos choix politiques actuels considèrent la « jeunesse » comme une séquence clé dans le développement en raison du rôle crucial qu'elle est appelée à assumer dans l'essor économique, social et culturel de la Tunisie. Les progrès scientifiques et technologiques réalisés et les mutations spectaculaires intervenues dans les domaines de la communication et de l'information, inaugurent des changements profonds dans les mentalités, les comportements, les relations et annoncent des métiers nouveaux et des exigences nouvelles sur le marché de l'emploi. De ce point de vue, une prise de conscience générale a engagé les gouvernements et les responsables de la formation dans la recherche de formules susceptibles de doter les jeunes d'une éthique professionnelle de qualité, de valeurs morales et humaines équilibrantes, d'une part, et de compétences de haut niveau leur permettant de participer à la croissance de tous les secteurs vitaux de la vie économique et sociale, d'autre part. L'implication des structures concernées (familles, écoles, centres de formation, entreprises, clubs et associations) peut contribuer à l'émergence de conditions favorables à la mobilisation de la jeunesse pour qu'elle soit capable de s'intégrer dans la vie active tout en maîtrisant les problématiques posées par la conjoncture internationale actuelle et leurs conséquences, et de prendre part à une œuvre de développement répondant à la fois aux exigences d'excellence et à l'impératif de concurrence et de compétitivité, facteurs de réussite incontournables face aux progrès fulgurants que connaît et connaîtra le monde.

Conclusion

QUEL AVENIR ?

La révolution tunisienne n'a pas résulté d'un affrontement idéologique ou politique mais d'une action populaire spontanée réclamant la fin de la dictature et du népotisme propres à l'ère Ben Ali, et recouvrant ainsi une liberté et une dignité longtemps bafouées.

Les jeunes Tunisiens, particulièrement à l'intérieur du pays, veulent vivre dignement et envisager l'avenir avec confiance et optimisme. Ils espèrent avoir un jour une place au soleil. Le gouvernement doit s'efforcer, prioritairement, de répondre à leurs attentes et leur donner l'espoir d'un avenir prometteur.

Les débats politiques, idéologiques et théologiques, qui agitent aujourd'hui notre pays, semblent ignorer cet impératif. Ces débats, certes importants dans l'absolu, étant le propre de toute pratique démocratique, sont bien secondaires par rapport aux soucis immédiats de notre peuple. Le citoyen préfère l'action efficace à la logorrhée idéologique.

La Tunisie s'est transformée en arène où s'affrontent les différentes mouvances politiques dans le but de préserver, d'accéder ou de partager le pouvoir. Dans cet imbroglio, souvent incompréhensible au citoyen moyen, celui-ci est abandonné à son sort. Il ne voit pas encore en quoi la révolution a changé sa vie ou amélioré sa condition. N'aurait-il pas été plus sage de marquer une pause politique dans la phase délicate de transition et d'examiner les problèmes réels de nos citoyens ? N'aurait-il pas été plus sensé de mobiliser toutes les forces vives de la nation autour d'un programme de sauvetage réfléchi, clairement articulé et promptement exécuté ? Un peuple, qui subit encore les séquelles de la révolution et qui ne s'est jamais investi dans l'exercice démocratique, a-t-il la maturité idéologique de faire les choix essentiels dans un laps de temps aussi court ? Était-il sage de laisser apparaître, à ce stade de notre histoire, une bipolarisation de notre société, taillée sur des considérations idéologiques ou théologiques, à un moment où nous avons le plus besoin de nous unir ? Le propre de la démocratie n'est-il pas que la minorité d'aujourd'hui devienne la majorité de demain ? Ne faut-il pas épargner à notre pays les dégâts peut-être irréparables de choix de société précipités ? Autant de questions auxquelles l'histoire apportera certainement des réponses. Son jugement risque d'être sévère.

Dans une démocratie, les débats politiques, si animés soient-ils, doivent aboutir à un consensus quant aux solutions les meilleures. Une dynamique démocratique, susceptible de susciter l'éveil politique du peuple, doit se soumettre à l'intérêt supérieur de la nation. Alors que nous apprenons à mieux connaître et à adapter les préceptes d'une démocratie naissante, aucun mouvement politique ne peut prétendre détenir les solutions à l'ensemble des problèmes qui se posent à notre société, d'autant que les nouveaux partis politiques au pouvoir s'essaient pour la première fois à la gestion gouvernementale. La voie la plus sage aurait été, par conséquent, celle d'un dialogue constructif, d'une coopération entière et d'un engagement moral plaçant l'intérêt national au-dessus de toutes considérations partisanes, idéologiques ou théologiques. C'est aux leaders politiques, toutes tendances confondues, qu'il appartient d'apporter des réponses consensuelles. En effet, l'enjeu politique durant la période de transition est considérable. Nos responsables doivent s'unir rapidement autour d'un programme économique et social non partisan qui définit clairement les priorités et établit un plan d'action. La sauvegarde des objectifs de la révolution, que d'aucuns réclament à longueur de journée, commence là et nulle part ailleurs. L'arbitrage, à ce stade de notre histoire, doit s'effectuer d'abord au niveau de l'action, et non de l'idéologie, car nos citoyens n'ont que trop attendu.

Force est de constater que la perspective des prochaines élections pèse, telle l'épée de Damoclès, sur les actes de nos gouvernants actuels. C'est le dilemme de tout gouvernement qui prend les rênes du pouvoir pendant une période de transition, sans y avoir été préparé. Il est enclin naturellement à mener une politique conjoncturelle qui vise à séduire les électeurs, et à différer les mesures souvent impopulaires destinées à régler les problèmes pressants. La sagesse requiert pourtant d'avoir le courage de prendre des décisions qui risquent de déplaire aujourd'hui, mais qui portent en elles les germes de la prospérité de demain. La situation actuelle exige d'initier des actions urgentes à court terme, et de conduire de grandes réformes structurelles essentielles à moyen terme. Ces réformes sont pesantes mais nécessaires, et les reporter perpétuellement ne peut qu'aggraver la situation. La prise de conscience collective de ces défis, et des moyens de les affronter, doit s'élever au-dessus des motivations politiciennes – ce qui est bon pour un parti ne l'est pas forcément pour la société tout entière. Et ce qui est bon pour le pays requiert les efforts de tous pour le réaliser : le bien commun doit transcender les considérations partisanes. Quand toutes les forces politiques réunies se prononcent sur la nécessité de traiter un problème, et s'accordent sur la manière de procéder, le peuple comprend et peut même faire preuve de patience, surtout s'il constate une action réelle sur le terrain. Aucune réforme ne peut réellement aboutir sans une réconciliation nationale. L'approche consensuelle est donc le seul moyen de réussir notre transition démocratique, et de servir les intérêts supérieurs de la nation. Comme un patient qui ne peut reculer une intervention chirurgicale urgente, la situation actuelle exige une réaction prompte, sans parti pris, pour le bien du peuple.

Le monde entier observe avec grand intérêt la manière dont nous gérons notre passage démocratique. L'échec n'est donc pas permis. La Tunisie sert de modèle à d'autres pays en transition dans la région, et il ne faut épargner aucun effort pour assurer la réussite de cette phase cruciale de notre histoire. C'est d'autant plus important que notre succès aura, sans nul doute, un impact géopolitique d'une portée inestimable. Il serait le premier jalon de la réussite du printemps arabe, et déjouerait ainsi les desseins malveillants de ceux, surtout à l'extérieur, qui redoutent son avènement. Le peuple tunisien tout entier doit se mobiliser, dans un esprit de solidarité et de patriotisme, pour résoudre les difficultés et réussir ce formidable rendez-vous avec l'histoire.

Je souhaite dire à la jeunesse tunisienne que son action doit s'inscrire à la limite de ses rêves, car rien ne lui est impossible : la Tunisie possède bel et bien les qualités requises. Travaillons, main dans la main, pour élever notre pays à un niveau de prospérité qui rende à chaque Tunisien sa dignité et en fasse un citoyen érudit, actif, politiquement instruit et créateur de valeurs, un citoyen qui tire le meilleur de lui-même et qui contribue à créer sa propre prospérité et celle de la société tout entière. Rappelons-nous que la démocratie est un projet qui ne se réalise que dans le temps. En attendant, affrontons l'avenir avec détermination en nous attelant ensemble à résoudre les problèmes structurels : résorption du chômage, disparités régionales, exclusion sociale et refonte des institutions. Préparons notre pays à faire face aux enjeux d'un monde en pleine mutation. L'internationalisation de la production et de la formation nous oblige à repenser notre politique économique et refonder nos systèmes industriel, financier et éducatif. La modernisation de ces secteurs constitue un pas essentiel vers la prospérité si nous nous armons réellement de la volonté pour le faire. Le temps presse, il faut agir.

Le chemin de la prospérité n'est pas aussi long que certains semblent le craindre. Forts de notre histoire, de nos acquis, de notre capital humain et de notre position géographique, nous sommes capables d'atteindre un bon niveau de développement. Certes, les défis sont immenses et les problèmes complexes, et il importe de s'y attaquer avec une stratégie réfléchie et une volonté inébranlable.

Dans cette tâche formidable qui nous incombe, la première étape consiste à reconsidérer le rôle de l'État. En effet, seul un État fort peut relever les challenges que se posent à notre société et instaurer, en premier lieu, la sécurité indispensable à la réussite des phases de transition et de consolidation démocratiques. L'État doit repenser fondamentalement son rôle afin de donner l'impulsion aux réformes nécessaires sans plus atermoyer. Il doit moderniser ses structures, initier une rétro-conception de son mode de fonctionnement, et revoir sa politique en matière de délégation et de responsabilisation. De plus, l'État devrait inscrire son action selon le principe de subsidiarité qui définit son intervention dans les activités socio-économiques, entière ou partielle, selon la capacité des différents acteurs de la société à mener ces activités, d'une manière autonome selon l'échelle de compétences et des moyens à leur disposition. En réduisant son action dans les domaines qui peuvent être gérés par les différents acteurs productifs de la société, l'État peut se consacrer davantage à ses fonctions régaliennes, et se focaliser sur les actions sociales dont il a l'ultime responsabilité. Tout en gardant la haute main sur l'économie, l'État doit redéfinir son intervention dans le but de mobiliser derrière son programme socio-économique l'ensemble des agents économiques d'une manière plus intelligente et collaborative. Les outils innovants dont il dispose sont nombreux, et surtout d'une grande efficacité.

L'investissement étant l'épine dorsale de toute activité économique, l'État doit innover dans le but de le promouvoir à grande échelle, car c'est là que réside la solution à l'épineux problème du chômage ainsi qu'à la création des conditions d'un développement durable particulièrement dans les zones défavorisées. « Soigner l'acte d'investir » doit devenir le leitmotiv de sa politique économique. Les mécanismes règlementaires et incitatifs dont l'État dispose doivent être repensés pour servir au mieux cet objectif. Ne pouvant compter sur ses seules ressources budgétaires, l'État doit inventer de nouvelles structures d'investissement modernes et puissantes qui bénéficient de son soutien financier et de son implication dans leur gouvernance. Ces véhicules peuvent prendre plusieurs formes : la Caisse des dépôts et consignations (CDC) pour soutenir les projets publics et les PME, un Fonds national d'investissement (tel le Fonds Ajyal) pour booster l'investissement privé, un Fonds national d'amorçage (FNA) pour aider les jeunes entrepreneurs tunisiens, des fonds de proximité ou de développement régional, des fonds de capital-innovation, des fonds spécialisés dans la restructuration de certains secteurs sinistrés (comme le tourisme), des fonds de développement culturel, etc. Les ressources non budgétaires que l'État affecterait à ces véhicules proviendraient principalement de la vente, partielle ou totale, des actifs non stratégiques dont il dispose. Forts de l'apport initial de l'État, ces véhicules peuvent lever, en toute indépendance et confiance, dans des fonds privés, semi-publics ou multilatéraux, les ressources supplémentaires nécessaires pour financer en capital les projets économiques et accompagner le développement de l'entreprise tunisienne. À travers ces entités, le gouvernement se dote d'une grande capacité d'intervention *indirecte* sur l'économie, en partenariat avec le secteur privé ou semi-public, tout en évitant, dans la mesure du possible, de s'impliquer directement dans leur gestion. L'effet de levier et l'effet multiplicateur que ces structures peuvent actionner permettent d'amplifier significativement l'enveloppe d'investissement dans le pays, ce qui contribuera, sans nul doute, à une création massive d'emplois. Cette approche illustre le nouveau rôle de l'État : un État intelligent, utile, conseillé, favorisant le changement et les initiatives. Par ailleurs, ces structures, surtout celles qui soutiennent les initiatives privées, serviraient de baromètres à l'État afin de renforcer sa capacité de calibrage et de régulation au niveau microéconomique. En effet, fort des enseignements tirés des projets ou des entreprises financés, l'État serait davantage conscient des problèmes qui se posent aux entreprises et engagerait par conséquent les aménagements nécessaires. Il gagnerait, à cet effet, de lancer des consultations profondes, permanentes et généralisées avec l'ensemble des acteurs économiques (entreprises, associations professionnelles, intermédiaires financiers, etc.) pour que son action réglementaire ait le plus grand impact sur l'économie, tout en faisant approuver ses décisions par l'ensemble des intervenants.

Grâce à ces puissants leviers, l'État encouragerait aussi de tout son poids les activités porteuses d'un haut niveau technologique. Il contribuerait ainsi au passage d'une économie de transformation à une économie de connaissance (*knowledge based economy*), d'innovation et de création de valeurs. Le contenu technologique de notre production nationale augmenterait en conséquence, ce qui améliorerait notre compétitivité à l'échelle internationale, augmenterait la valeur ajoutée économique et renforcerait notre potentiel à l'export (avec l'objectif, préconisé par le Plan Jasmin, de faire passer le contenu technologique de nos exportations de 25 % actuellement, à 50 % dans les sept prochaines années). Ceci est d'autant plus important que notre modèle macroéconomique gagnerait à voir l'apport des exportations augmenter dans la croissance du produit national brut.

Même si le partenariat avec les acteurs économiques est fortement encouragé, l'État garderait sous sa responsabilité directe les activités stratégiques, en particulier celles qui ont un important impact social, ou qui dépassent la capacité des privés, mais confierait à ces derniers, en partie ou en totalité, les activités qu'ils peuvent reprendre seuls ou en partenariat avec des organismes étatiques ou multilatéraux. La recherche de partenariats publics-privés devient la règle dans la promotion des projets auxquels les promoteurs privés peuvent contribuer. Ceci s'appliquerait aux projets industriels comme aux projets à caractère social (PPP Social). L'État inviterait les composantes de la société civile, ainsi que les structures associatives et les entrepreneurs privés, à concevoir en commun des projets à portée sociale (santé, éducation, activités sportives, etc.). Par ailleurs, le gouvernement devrait encourager, par des mesures incitatives, le développement de l'entreprenariat social qui fait ses débuts en Tunisie, et qui offre de bonnes perspectives à l'émergence de nouvelles initiatives privées dont la finalité sociale est supérieure à la finalité économique.

Pour assurer le succès de sa politique socio-économique, le gouvernement doit mener des réformes structurelles profondes. Les chantiers sont nombreux et gigantesques, et concernent presque tous les secteurs socio-économiques ainsi que les finances publiques et ses déséquilibres structurels – la politique de compensation suivie par l'État, les déficits chroniques de certaines entreprises publiques ainsi que les menaces grandissantes qui pèsent sur les caisses de sécurité sociale, qui sont de vraies bombes à retardement qu'il importe de désamorcer rapidement. L'énormité de la tâche à accomplir ne doit pas diminuer l'ardeur du gouvernement à se mettre à l'œuvre avec détermination. L'avenir du pays en dépend.

Les réformes structurelles ne peuvent réaliser tout leur potentiel que si elles sont accompagnées d'un changement culturel profond de notre société car une bonne culture est la clef du succès de toute œuvre humaine. Initier un programme de changement culturel profond est une tâche de longue haleine et qu'il faut entamer sans tarder. L'objectif est de promouvoir une culture d'excellence, de performance, de création et d'innovation, de civisme, de discipline et de responsabilisation sans laquelle nos efforts resteraient largement infructueux. C'est à l'État, ainsi qu'à la société civile et aux responsables des services socio-éducatifs, que revient la charge de susciter cet éveil culturel qui ambitionne de transformer nos mentalités et notre manière de penser et d'agir.

Cette nouvelle culture, qui doit être inculquée aux plus hauts échelons de l'État, contribuerait à moderniser le secteur public en général et l'administration centrale en particulier, ce qui permettrait d'atteindre un niveau d'efficience acceptable. Une économie prospère repose sur un État moderne et fort, ainsi que sur des structures administratives performantes. Une attention particulière doit être accordée à la promotion du capital humain dans le secteur public car un État puissant assoit son autorité sur des cadres compétents, motivés et professionnels. Leur rémunération doit s'aligner graduellement, selon un programme réfléchi, sur les grilles de salaires du marché afin d'atténuer les frustrations et, par là, d'éradiquer la corruption. Il faut aussi accorder une plus grande latitude d'action aux ministères et aux départements administratifs, particulièrement aux autorités régionales. Le développement régional, une priorité capitale, sera largement renforcé par des structures autonomes et efficaces.

La profonde réforme du système éducatif est une autre priorité fondamentale. Il doit répondre aux besoins du marché de l'emploi, mais aussi préparer les agents du changement de demain. La plus grande difficulté consiste aujourd'hui à relever le niveau des universités et à accroître leur capacité d'adaptation aux exigences d'un monde en continuelle mutation.

En effet, à l'heure actuelle, on observe une inadéquation flagrante entre le système éducatif et les besoins réels du marché de l'emploi. Les entrepreneurs se plaignent de ne pas trouver les compétences spécifiques à certains domaines alors que des milliers de diplômés désespèrent d'obtenir un emploi. Il est clair que les chances de progression et d'intégration sociale doivent passer dorénavant par la combinaison d'une éducation générale et d'une formation professionnelle. En second lieu, on constate la nécessité d'édifier un système éducatif d'élite qui fasse accéder notre société à la modernité et à la maîtrise des nouveaux domaines technologiques et scientifiques, afin d'entrer dans la rude compétition à l'échelle internationale. Et, enfin, il importe de faire prendre conscience à nos jeunes, notre plus grande richesse nationale, de la réalité du monde d'aujourd'hui et des spécificités qu'il exige en termes d'évolution culturelle, ainsi que des développements remarquables enregistrés dans l'ensemble des domaines scientifiques, techniques, technologiques, financiers et dans les sciences humaines et sociales.

Le système éducatif actuel, fondé à une autre époque, reposait à l'origine principalement sur le contexte économique de la révolution industrielle en Europe. Il importe aujourd'hui de le réviser de fond en comble, pour préparer nos jeunes à affronter un avenir qui se redéfinit constamment sous la montée en puissance des nouvelles technologies de l'information. La connaissance universelle est aujourd'hui accessible sur une tablette qu'on tient dans une main. L'État doit donc prendre pleinement conscience de ce nouveau paradigme de l'éducation et procéder à une réforme profonde de l'enseignement public. L'interaction entre l'éducation et l'emploi prendrait une autre dimension qui nécessiterait d'élaborer une nouvelle politique de l'emploi tenant compte des avancées technologiques et de l'impact qu'elles auront sur l'évolution de notre écosystème. La définition même de l'emploi risque de changer significativement dans les années et les décennies à venir. Autant se préparer dès maintenant à ce nouveau monde qui nous attend.

Dans l'intervalle, le gouvernement doit engager une sérieuse réflexion pour trouver des solutions favorisant l'emploi. Certaines pistes de réflexion incluent d'élaborer une politique économique sociale et solidaire, notamment dans les zones défavorisées (grâce à la microfinance par exemple), et un programme national d'insertion par l'activité économique (IAE), inspiré de l'expérience d'autres pays dans ce domaine ; de promouvoir l'entreprenariat social et la reconduction, sous certaines conditions, du programme Amal (Espoir) ainsi que le renforcement des mesures incitatives pour le recrutement par des entreprises privées des jeunes en quête de stages de formation. L'État peut aussi songer à échafauder un programme national d'assurance chômage pour lequel une étude très minutieuse doit être menée afin d'aménager l'espace fiscal nécessaire. En tout état de cause, il doit éviter les solutions faciles comme le recrutement en masse dans le secteur public qui déplacerait le problème sans le régler, tout en menaçant l'équilibre des finances publiques.

Une éducation performante est nécessaire à une croissance socio-économique pérenne et à un développement humain de haut niveau. Historiquement, on considère que la Tunisie a réussi son développement social parallèlement à son développement économique. En effet, une étude récente du PNUD estime que la classe moyenne représente aujourd'hui 81 % de la population. En fait, la Tunisie est l'un des rares pays d'Afrique et du monde arabe capable d'atteindre assez rapidement les objectifs du millénaire pour le développement (OMD). Elle était classée 94e sur 187 en 2011 avec un indice de développement humain (0,698) qui la place dans la catégorie de pays à développement humain élevé. Sauf qu'elle perdrait 7 rangs si cet indice devait s'ajuster aux inégalités. Ceci confirme qu'il est fondamental que l'État redéfinisse sa politique en matière de distribution des revenus et d'amélioration des conditions de vie des franges démunies de la population, particulièrement dans les régions du Centre-Ouest, Sud-Ouest et Sud-Est. Un effort national est donc nécessaire pour qu'aucune famille tunisienne ne se retrouve à vivre en dessous du seuil de pauvreté. Pour cela, le gouvernement doit faire porter ses principaux efforts sur la croissance économique et la relance.

Une économie forte requiert avant tout un système financier solide. De la microfinance à la mise en place d'un marché de capitaux moderne et efficient, la réforme du système financier reposerait prioritairement sur la restructuration des banques publiques qui doivent renforcer leurs fonds propres, réviser leur mode de gouvernance, améliorer leur gestion des risques, nettoyer leur portefeuille de crédits, élargir la panoplie de produits proposés et moderniser leurs supports technologiques. L'investissement dans le capital humain est tout aussi nécessaire pour préparer des compétences pointues dans l'ensemble des nouveaux métiers de la banque tels que ceux relatifs au marché de taux et de change, les financements structurés, la *corporate finance*, les produits de couverture de risques, la banque-assurance, ainsi que les nouveaux produits de la banque de détail.

L'élaboration d'un secteur financier fort passe nécessairement par le renforcement et la modernisation du système bancaire dans son ensemble.

À cet égard, il faut encourager la consolidation entre banques dans le but de créer des champions nationaux dotés de moyens financiers plus robustes. Des banques fortes sont à même de produire un marché financier puissant. C'est principalement aux banques, par exemple, que revient la charge de créer le marché de taux qui manque dans notre pays. Ceci passe nécessairement par le renforcement du marché primaire des valeurs du trésor qui, à son tour, contribuerait à la création d'un marché secondaire. Le développement de celui-ci, en taille et en profondeur suffisantes, permettrait d'établir la courbe des taux sans laquelle les instruments financiers ne peuvent pas être correctement valorisés. La création d'un marché de taux actif attirerait l'ensemble des investisseurs institutionnels tels que les compagnies d'assurance, les gestionnaires d'actifs et les fonds de pension qui jouent un rôle essentiel dans son fonctionnement et son développement. Ces intervenants auraient à leur disposition une plus grande panoplie de produits financiers couvrant tout aussi bien des produits monétaires et obligataires, ainsi que les actions cotées dans les différents compartiments de la Bourse de Tunis. Celle-ci gagnerait à se développer davantage à l'instar de Bourses similaires dans la région. La politique gouvernementale à cet égard peut jouer un rôle important aussi bien par des mesures incitatives en faveur des entreprises qui envisagent une introduction en Bourse, qu'en encourageant l'introduction de certaines entreprises étatiques ou semi-étatiques, ce qui renforcerait significativement la capitalisation boursière. Les structures d'investissement évoquées plus haut contribueraient au développement de la Bourse. Entre-temps, celle-ci doit jouer un rôle de sensibilisation plus important, aussi bien du côté des émetteurs que du côté des investisseurs, et leur inculquer ainsi une plus forte « culture de marché » qui finira par les persuader des avantages certains qu'ils peuvent en tirer.

Un système financier fort constitue le premier jalon de la création en Tunisie d'un grand *hub* financier rayonnant sur le Maghreb, l'Afrique, le Moyen-Orient et partout ailleurs dans le monde. La Tunisie gagnerait d'autant plus à cultiver cette ambition qu'elle est capable de réunir les conditions nécessaires à sa réussite. Une telle initiative, qui viendrait renforcer d'autres projets similaires au Maghreb, conforterait le rôle que doit jouer la Tunisie dans l'édification du Grand Maghreb : un objectif noble qu'il nous incombe de réaliser, offrant ainsi aux générations futures la possibilité d'une prospérité partagée. Ceci est d'autant plus vrai que des études ont clairement montré qu'un Maghreb uni peut améliorer nettement le taux de croissance économique de l'ensemble des pays, et frayer ainsi la voie à l'émergence d'une puissance économique qui pèserait à l'échelle de l'économie mondiale qui ne cesse de se globaliser.

Notre avenir est entre nos mains ! Relevons-nous avec la fierté que nous procure notre histoire millénaire pour écrire en lettres d'or cette nouvelle page de notre histoire qui restera gravée dans la mémoire de l'humanité tout entière. Serons-nous à la hauteur de ce formidable rendez-vous ? Certainement ! Mais seulement si tous les Tunisiens et toutes les Tunisiennes s'unissent, car seule l'union est gage de salut. Oui, nous sommes capables d'abattre les obstacles et d'accéder à la dignité, la prospérité et la justice sociale ; oui, nous sommes capables de nous adapter aux exigences du nouveau siècle. Rappelons-nous la grande civilité que nous avons montrée au monde entier pendant les quelques jours qui ont suivi le 14 janvier 2011 ! Elle est là, notre merveilleuse Tunisie, elle existe en nous. Réveillons-la… pour toujours.

En cette période d'incertitude et d'anxiété durant laquelle notre peuple est admiré, et envié, pour avoir initié l'une des plus belles réalisations de l'histoire moderne de l'humanité, il n'y a qu'une seule réponse qui s'impose : l'union nationale ! Elle seule nous donnera la force de relever les défis. Elle seule nous permettra d'honorer la mémoire de ceux et celles qui ont sacrifié leurs vies pour que nos enfants puissent vivre dans la liberté, la dignité et la prospérité. En nous unissant, la force du destin exaucera tôt ou tard notre rêve d'un avenir radieux.

Et si un jour, par malheur, nous nous écartons du droit chemin, espérons qu'une Kahéna ou un Hannibal des temps modernes surgira des ténèbres pour nous remettre sur la bonne route !

Tunis, janvier 2013

TABLE

CE VOLUME EST LE HUITIÈME
DE LA COLLECTION « POLITIQUE »

ISBN : 978-2-7291-1997-3

ACHEVÉ D'IMPRIMER EN JANVIER 2013
SUR LES PRESSES DE IMB À BAYEUX (14)
AVEC LA COLLABORATION DE AGM À VIX (85)

imprimé en France